PERDUE
DANS LA NUIT

BIOGRAPHIE

Petite fille, Lucy Daniels aimait beaucoup lire, et rêvait d'être écrivain. Aujourd'hui, elle vit à Londres avec sa famille et ses deux chats, Peter et Benjamin. Originaire de la région du Yorkshire, elle a toujours aimé la nature et les animaux, et s'échappe à la campagne dès qu'elle le peut.

ILLUSTRATIONS INTÉRIEURES : WILLIAM GELDART

L'auteur remercie Pat Posner et C. J. Hall, médecins vétérinaires,
qui ont revu les informations contenues dans ce livre.
Conception de la collection : Ben M. Baglio
Titre original :
Dog at the door

Publié pour la première fois par Hodder Children's Books, Londres

Loi n°49-956 du 16 juillet 1949 sur les publications destinées à la jeunesse
Dépôt légal : septembre 2001
ISBN : 2 747 002 32 2

S.O.S. ANIMAUX

PERDUE DANS LA NUIT

LUCY DANIELS
TRADUIT DE L'ANGLAIS
PAR MICHELLE ESCLAPEZ

DEUXIÈME ÉDITION
BAYARD JEUNESSE

LES HÉROS
DE CETTE HISTOIRE

Cathy Hope a douze ans, et une passion : les animaux. Son ambition est de devenir vétérinaire, comme ses parents. La souffrance des animaux lui est insupportable et elle ne manque jamais une occasion de leur porter secours.

Adam et **Emily Hope** sont les parents de Cathy. Ils dirigent une clinique vétérinaire, l'Arche des animaux, où Cathy passe tout son temps libre.

James Hunter est le meilleur ami de Cathy. Il partage avec elle l'amour des animaux et la suit dans toutes ses aventures.

Tom et **Dorothy Hope** sont les grands-parents de Cathy. Ils vivent au cottage des Lilas, et sont toujours prêts à venir en aide à leur petite-fille.

Adam Hope
Emily Hope
Tom Hope
Dorothy Hope
James Hunter
Cathy Hope

1

C’était Halloween, et Cathy avait participé à la fête costumée du village. À présent, elle se hâtait sur la route qui descendait vers l’Arche des animaux, repensant aux fantômes et squelettes qu’elle avait rencontrés tout au long de la soirée.

Elle longeait une rangée de cottages dont les lumières rassurantes brillaient derrière les rideaux tirés. La lune disparut alors derrière un nuage, et Cathy frissonna, songeant qu’elle aurait bien voulu que James Hunter, son meilleur ami, l’accompagne. Elle cligna des yeux pour s'habituer à l'obscurité et poursuivit son chemin.

Soudain, elle s'arrêta. Quelque chose venait de sortir furtivement des fourrés. Elle retint son souffle tandis que la chose glissait vers elle.

Mais bientôt elle sourit, poussant un soupir de soulagement :

– C'est toi, Jet ? Tu m'as fait une de ces peurs !

Jet, une petite chatte noire, se mit à miauler et accourut vers elle. Comme Cathy la prenait dans ses bras, elle entendit de légers pas derrière elle et se trouva éclairée par le faisceau d'une torche.

– Cathy ! Tu es vraiment terrifiante dans ce costume ! lança Elise Knight, qui arrivait, suivie de Maisy, sa dalmatienne sourde.

Elise habitait un des cottages devant lesquels Cathy était passée quelques instants auparavant.

– C'est moi, la terrible sorcière de Welford ! murmura Cathy d'une voix caverneuse. J'aurais dû emmener Jet à la fête, ajouta-t-elle en éclatant de rire, elle aurait fait une fantastique chatte de sorcière !

– Elle nous a accompagnées, Maisy et moi, dans notre promenade, dit Elise. Elle nous suit chaque soir, mais elle est encore un peu sauvage et ne se risque pas souvent à entrer dans la maison.

Cathy gratta le dos de la petite chatte.

– C'est plutôt courageux de sa part de venir te saluer, dans un tel accoutrement ! commenta Elise. Ton balai de sorcière aurait dû l'effrayer !

– C'est le balai de jardin de grand-père, dit Cathy. Il m'a bien aidée à gagner le prix du meilleur déguisement ! Mais les autres costumes aussi étaient formidables ! Quand j'ai laissé mes amis au croisement, ils allaient faire le tour du village.

– Je file ! s'exclama Elise. Ils vont peut-être passer chez moi !

– Il faut que je me dépêche, moi aussi ! s'écria Cathy. Je dois préparer le dîner avant le retour de maman. Elle a passé toute la journée à York, à un congrès de vétérinaires.

Cathy caressa la tête de Maisy et prit congé d'Elise avant de se précipiter vers sa maison.

Seule la veilleuse de nuit éclairait faiblement la façade de l'Arche des animaux, le bâtiment de la clinique vétérinaire situé devant le vieux cottage en pierre où vivait la famille Hope.

En se dirigeant vers l'entrée de sa maison, Cathy crut entendre un bruissement dans un massif de rhododendrons tout proche, mais elle n'y distingua rien de particulier. Et, comme le bruit ne se répéta pas, elle se hâta de rentrer.

De la musique provenait de l'étage. Cathy monta les marches et passa la tête par la porte entrebâillée. Elle sourit en constatant que son père s'était endormi, la radio allumée, son journal ouvert sur ses genoux.

Cathy se changea et descendit préparer le dîner. Bientôt, tout fut prêt. « Il n'y a plus qu'à attendre maman », pensa alors la fillette. Soudain, elle plissa le front. Avait-elle

entendu frapper à la porte ? Ce ne pouvait être sa mère, elle avait une clé. Le bruit se répéta, sourd, étouffé. « Les farceurs de Halloween ! » songea Cathy.
– C'est bon, j'arrive ! dit-elle.
Et, prenant au passage une poignée de bonbons, elle se dirigea vers la porte.
Mais quand elle l'ouvrit, elle n'en crut pas ses yeux : devant elle, un superbe golden retriever, complètement affolé, tirait sur sa laisse, dont l'extrémité était attachée à la poignée d'un lourd bac à fleurs. Dès que le chien aperçut Cathy, il se mit à aboyer et à tirer encore plus fort. « C'est sûrement lui que j'ai entendu tout à l'heure », pensa Cathy en se penchant pour le libérer.
– Tout va bien, mon beau ! le rassura-t-elle d'une voix douce.
Elle le laissa flairer sa main avant de caresser sa tête dorée. Le chien poussait encore des cris plaintifs, mais il avait cessé de s'agiter et regardait Cathy avec des yeux implorants.
– Ne t'inquiète pas. Je vais t'enlever la laisse.

Elle devait procéder avec précaution, pour ne pas effrayer davantage le chien. Plaçant doucement une main sur son cou, elle essaya de détacher la laisse de son collier ; mais celle-ci était trop tendue. C'est alors qu'elle s'aperçut qu'il s'agissait d'une chienne qui, de toute évidence, ne tarderait pas à avoir des petits. En aidant ses parents, Cathy avait déjà soigné plusieurs chiennes prêtes à mettre bas, et celle-ci en présentait tous les signes : les flancs très rebondis et, surtout, le ventre lourd.
Elle réussit enfin à ouvrir le mousqueton.
– Ça y est, te voilà libre ! Maintenant, suis-moi.
Mais, tournant la tête dans la direction opposée à la maison, la chienne se mit à aboyer à fendre l'âme. Cathy avait le cœur serré ; la pauvre bête semblait tellement malheureuse !
– Non, pas par là ! dit-elle d'une voix ferme.
La chienne se décida à la suivre à l'intérieur de la maison. Cathy la poussa dans la cuisine.

– Assieds-toi là, ordonna-t-elle. Je veux voir s'il y a un nom inscrit sur ton collier.

À la grande surprise de Cathy, la chienne obéit.

Cathy ne trouva pas de nom, mais elle remarqua un triangle foncé sur sa poitrine dorée.

– Voici une marque inhabituelle ! s'écria-t-elle. Elle devrait nous aider à retrouver ton maître. En attendant, je t'appellerai Belle. Ça te va ? À présent, je vais te faire réchauffer un peu de lait, puis j'irai réveiller papa.

Rassurée par la voix douce de Cathy, Belle se leva pour aller inspecter la cuisine. Elle flaira le sol sous la table, autour des chaises. Mais bientôt elle recommença à pousser des cris plaintifs. Cathy s'agenouilla et lui prit les pattes dans les mains :

– Calme-toi, Belle. Tout va s'arranger !

La chienne cessa de gémir et lécha les mains de Cathy.

– Reste là. Je vais prévenir papa, lui expliqua-t-elle.

Mais comme elle allait se relever, la chienne posa la tête dans ses mains en lui lançant un tel regard de désolation que la petite fille s'immobilisa, ne sachant que faire. C'est alors que la sonnerie du téléphone retentit.

Un instant plus tard, Adam Hope poussa la porte de la cuisine.

– Quel appel étrange ! dit-il, l'air pensif. Quelqu'un m'a demandé si j'avais trouvé une chienne devant notre porte ; et quand j'ai répondu que non, on m'a conseillé d'aller vérif…

Il s'interrompit, découvrant sa fille, accroupie au milieu de la pièce, la tête d'un golden retriever sur les genoux.

2

En voyant M. Hope, la chienne se mit à trembler.
– Elle est très perturbée, Papa, l'informa Cathy. J'allais te prévenir, mais elle est tellement affolée que je n'ai pas voulu la laisser seule.
– Tu as bien fait, murmura M. Hope, tout étonné. Continue à parler, Cathy. Il faut qu'elle trouve ma présence naturelle.
– Ne t'inquiète pas, Belle, reprit Cathy en lui caressant le museau, nous allons t'aider. Mais calme-toi, tu risques de faire du mal à tes petits.

– Des petits…, répéta M. Hope. Attends, ma grande, laisse-moi t'examiner. Tu es une brave chienne ! Je suppose qu'il n'y avait pas d'adresse sur son collier ? demanda-t-il en passant ses mains sur les flancs et le dos de l'animal.
– Même pas de nom, répondit Cathy en secouant la tête. Je l'ai appelée Belle.
– Elle a le ventre très affaissé, dit M. Hope en levant les yeux. Les petits ne vont pas tarder à naître. A-t-elle bu ?
– J'ai sorti le lait du réfrigérateur, mais c'est tout ce que j'ai réussi à faire jusqu'à présent, répondit Cathy en esquissant un sourire.
Quelques minutes plus tard, M. Hope plaçait un bol de lait tiède devant la chienne. Mais elle se contenta de le flairer avant de lever les yeux vers Cathy d'un air de reproche.
– Que se passe-t-il, Belle ? Tu n'aimes pas le lait ? Préfères-tu de l'eau ?
Cathy déposa un bol rempli d'eau mais le golden retriever ne daigna même pas le sentir.

Ce n'est que lorsque M. Hope eut ajouté un peu de glucose dans le bol de lait que la chienne se mit à laper le lait sucré.
Les yeux fixés sur Belle, Cathy interrogea son père sur le coup de téléphone.
– Il venait d'une cabine téléphonique, dit M. Hope, j'entendais le bruit de la circulation. C'était une femme, et elle semblait très embarrassée…
– Crois-tu que Belle est sa chienne, et qu'elle l'a abandonnée ? Ou, plutôt, qu'elle l'a volée et qu'elle a pris peur en découvrant qu'elle attendait des chiots ?
M. Hope n'eut pas le temps de répondre. Belle s'était arrêtée de boire et avait tourné la tête en direction de la porte.
– C'est sûrement Maman !
Cathy alla ouvrir à sa mère et lui expliqua la situation.
– Ainsi, je ne peux pas vous laisser une journée tous les deux ! dit Emily Hope en souriant alors qu'elle retirait son manteau.
Tout en parlant, elle regardait la chienne. Celle-ci n'avait pas bougé et observait Mme

Hope tout en remuant légèrement sa longue queue touffue.

– Alors, tu viens me dire bonjour ? dit Mme Hope en tendant la main. Au fait, vous connaissez son nom ?

– Non. Pour le moment, c'est Belle, répondit Cathy.

– Apparemment ta mère n'a pas besoin de l'appeler par son nom pour l'apprivoiser, s'exclama M. Hope.

En effet, la chienne, les pattes fléchies, s'avançait lentement vers la vétérinaire.

– Tu es une vraie beauté ! dit Mme Hope. Et bien soignée ! Mais tu es très perturbée. C'est normal ! Tu n'es pas chez toi, ici. Il n'y a pas tes odeurs familières, ni tes jouets ni ta niche. Pauvre Belle !

Cathy retenait son souffle. La chienne s'approchait de sa mère. Une fois devant elle, Belle s'assit ; puis, la tête légèrement penchée de côté, elle lui tendit la patte avec une expression si douce que Cathy en fut tout émue. Après quelques instants, elle retira sa patte, regarda en direction de Cathy

et de son père, et marcha lentement vers eux.
– Voilà un signe encourageant, murmura M. Hope. Ne bouge pas, Cathy. Laissons-la trouver son rythme.
Lui-même s'avança vers la chienne, mais elle se mit à trembler légèrement.
– Tu te méfies encore de moi, on dirait. Elle semble préférer les femmes, commenta-t-il en riant.
Cathy s'était agenouillée devant Belle, ravie de constater que ses yeux perdaient leur expression craintive.
– Elle commence à prendre confiance, constata-t-elle en caressant le doux poitrail de l'animal.
– Il faut l'examiner, dit M. Hope. Et également prévenir la police et la SPA de sa présence. Cathy, emmène-la à la clinique. Ta mère va s'en charger pendant que je passerai quelques coups de téléphone.

– Voyons... les yeux... les oreilles... la gueule... Tout va bien, dit Mme Hope, penchée sur la chienne. Le cœur, maintenant… les poumons… aucun problème de ce côté non plus. Elle doit avoir environ dix-huit mois, et c'est sa première portée, ajouta-t-elle en se redressant. Et – tu as remarqué, Cathy ? – elle a les ongles usés, et non coupés. Ce n'est pas une chienne d'appartement ; elle a l'habitude de marcher et de courir.

Ensuite, la vétérinaire lui prit la température. Belle se laissa faire.

– Je suis fière de toi, Belle, murmura Cathy. Elle n'a pas de fièvre, Maman ?

– Non. Trente-sept degrés. Tu sais que la température normale d'un chien est de trente-huit à trente-neuf degrés. Mais chez une chienne qui attend des petits, une température plus basse indique qu'ils ne vont pas tarder à arriver.

– Papa pense qu'ils peuvent naître d'un moment à l'autre, annonça Cathy, qui aidait sa mère à descendre la chienne de la table d'examen. Qu'allons-nous faire, Maman ? Où va-t-elle accoucher ?

Mme Hope prit une laisse pendue à un crochet derrière la porte et la fixa sur le collier de la chienne avant de répondre :

– Une chose à la fois, Cathy. Il faut d'abord penser à la nourrir. Tu lui prépareras son repas pendant que ton père et moi nous occuperons des formalités. Viens, Belle, ajouta-t-elle en flattant le dos de la chienne pour l'encourager à la suivre.

Elle donna à Cathy une boîte de pâtée pour chiens et un paquet de biscuits, qu'elle préleva dans un tiroir de la salle de réception, et toutes trois regagnèrent la cuisine. Belle se mit alors à gémir, tirant sur sa laisse vers la porte donnant sur le jardin.

– Je l'emmène faire un tour ? demanda Cathy.

– D'accord, mais tiens-la bien. Je ne pense pas qu'elle cherche à s'enfuir ; elle doit simplement vouloir se soulager. Laisse la porte ouverte et appelle-moi si tu as besoin d'aide.

La chienne inspecta le jardin, flairant le sol ici et là pendant un moment.

– Viens, on rentre, l'appela Cathy. Nous allons te donner à manger.

La chienne obéit aussitôt. Cathy lui ôta sa laisse, et Belle se dirigea résolument vers la cuisinière.

– J'ai mis de l'eau à bouillir avec un peu de levure, dit la mère de Cathy. Tu pourras y laisser tremper quelques biscuits avant de les mélanger avec un quart de la boîte.

– C'est suffisant ?

– Pas en temps normal. Mais, même si nous connaissions son régime habituel, à ce stade de la grossesse il vaut mieux nourrir une chienne peu et souvent plutôt que de lui imposer un ou deux gros repas. D'ailleurs, je ne serais pas surprise que Belle ne veuille rien avaler.

– Parce qu'elle n'est pas chez elle ?

– Oui, et parce que ses chiots sont sur le point de naître.

– Qu'allons-nous faire ? demanda Cathy en ouvrant la boîte.

– Ton père va téléphoner à la police, au directeur du chenil, à la SPA, à Betty Hilder, la responsable du refuge des animaux, et à l'Association des propriétaires de golden retriever, répondit Mme Hope. Mais, à moins que ce ne soit un voleur de chien ayant eu un remords qui nous a téléphoné – ce dont je doute fort –, j'ai bien peur qu'il n'y ait aucune déclaration de perte d'un chien ressemblant à cette demoiselle.

Tout en continuant à préparer la nourriture de la chienne, Cathy tourna la tête pour la regarder. Belle était allongée sur le flanc, le corps légèrement incurvé, les pattes de devant étendues et croisées l'une sur l'autre, la tête reposant sur le carrelage et les yeux fixés sur la petite fille.

Celle-ci laissa de côté sa préparation et s'agenouilla près de la chienne, qui lui lécha la main en poussant un faible gémissement.

« J'espère qu'on ne t'emmènera pas à la fourrière », pensa Cathy en caressant les oreilles de Belle.

3

– Tout est arrangé, dit M. Hope en revenant dans la cuisine. Betty Hilder consent à accueillir Belle et ses petits au refuge. Elle a bon espoir de placer les chiots quand ils seront sevrés.

– Nous n'allons pas emmener Belle chez Betty Hilder ce soir, n'est-ce pas, Papa ? s'enquit Cathy.

– Sûrement pas ! Elle aura ses petits ici.

– Génial ! Tu crois que Belle voudrait manger maintenant ?

– Essaye si tu veux, mais ne t'inquiète pas

si elle refuse; les chiennes qui sont près de mettre bas avalent rarement des aliments solides pendant les deux ou trois jours précédents. Par contre, veille à ce qu'elle boive suffisamment.

– Papa, à ton avis, son propriétaire l'a vraiment abandonnée? Elle est si belle!

– Oui, mais elle va avoir des petits! répondit M. Hope. Peut-être que son maître ne s'y attendait pas.

– Non, c'est impossible! dit Cathy. Je pense plutôt qu'elle a été volée et que le voleur n'a pas voulu s'embarrasser d'elle quand il a constaté qu'elle était pleine.

– Dans ce cas, son maître signalera sûrement sa disparition, et on le retrouvera, déclara M. Hope.

– Regarde, dit Cathy, elle s'assoit de nouveau devant la cuisinière. Je vais aller chercher mon grand coussin. Avec une vieille couverture, ça lui fera un lit parfait.

– Cette soupe sent bon! s'écria Emily Hope en sortant, toute fraîche, de sa douche.

Cathy sourit. Le teint pâle de sa mère contrastait joliment avec sa chevelure rousse, qu'elle avait retenue en queue de cheval.
– Tu as l'air content, Cathy. Laisse-moi deviner ! C'est parce que nous sommes d'accord pour garder Belle quelque temps ? C'est cela ?
Cathy hocha la tête et apporta trois bols fumants sur la table.
– Je n'arrive pas à croire que vous voulez bien garder Belle à l'Arche des animaux, surtout dans son état ! s'exclama-t-elle. Vous n'arrêtez pas de me dire qu'un vétérinaire ne doit pas recueillir les animaux abandonnés !
– Les circonstances sont particulières, expliqua M. Hope. C'est une première portée, et la chienne pourrait avoir besoin d'aide quand elle mettra bas. En plus, l'amener dans un autre lieu qu'elle ne connaît pas, ce ne serait pas…
M. Hope s'interrompit en faisant la moue.
– Elle est suffisamment perturbée comme cela, ajouta Emily ; une émotion supplémen-

taire risquerait de déclencher l'accouchement avant terme.

– Alors, reprit M. Hope, nous allons lui aménager un coin dans la cuisine. C'est un endroit idéal, puisqu'il donne sur le jardin.

– Dès demain matin, je téléphone à James ! s'exclama Cathy, enthousiaste. Il sera ravi. J'espère que Belle n'aura pas peur d'un nouveau visage.

– Elle sera sûrement contente, répondit Mme Hope. Les golden retrievers sont connus pour leur caractère sociable. Ils aiment avoir du monde autour d'eux. De plus, elle sentira sur lui l'odeur de Blackie, ce qui devrait lui plaire.

Blackie était le labrador noir de James Hunter. Celui-ci l'avait eu tout petit et savait donc comment se comporter avec les chiots. Il aimait les animaux autant que Cathy.

La vaisselle terminée, Cathy alla dans sa chambre chercher le coussin et la couverture.

– Voici ton lit, Belle, dit-elle à la chienne.

Belle leva la tête une seconde, puis ferma les yeux et se rendormit.

– Pose tout cela, conseilla Emily Hope. Elle finira par s'y installer. Et puis, même si tu es en vacances, je ne veux pas que tu passes la nuit à la surveiller. Je ne pense pas que l'accouchement soit pour tout de suite, mais je viendrai la voir une fois ou deux.
Cathy se sentit rassurée.
– D'accord, répondit-elle. Demain matin, je la ferai sortir dans le jardin, puis je lui donnerai un peu de lait. Ensuite, j'appellerai James.
– Entendu ! Monte vite te coucher.

Le lendemain, James arriva à l'Arche des animaux dix minutes après que Cathy l'eut appelé. Elle lui avait demandé d'entrer par la porte de la cuisine sans frapper : « Comme ça, Belle pensera que tu fais partie de la famille », lui avait-elle expliqué.
James se glissa dans la pièce, essoufflé, le regard brillant derrière ses lunettes.
– J'ai couru d'une traite jusqu'ici, haleta-t-il. J'ai voulu prendre mon vélo, mais sa roue avant est voilée.

Entendant une nouvelle voix, la chienne leva la tête, regarda James un moment, puis reprit sa position.

– Ce n'est pas vraiment la fête ! commenta James en riant. Elle est très jolie, Cathy, et elle a un regard si doux... Crois-tu que quelqu'un l'a vraiment abandonnée ?

– Hier soir, papa a téléphoné partout où on aurait pu signaler la disparition d'un chien : rien, répondit-elle en haussant les épaules. Si elle a été volée, c'est probablement à des kilomètres d'ici.

James hocha la tête d'un air entendu :

– En attendant qu'elle retrouve son maître, c'est à toi de jouer, Cathy !

Une lueur de fierté passa dans les yeux de Cathy, qui répondit :

– Tu veux dire que c'est à *nous* de jouer !

Les deux amis éclatèrent de rire.

4

Cathy et James installèrent dans un coin de la cuisine un large panier, garni d'une vieille couverture.

– Tu sais, Cathy, dit James d'une voix pensive, son collier clouté doit peser très lourd.

– Tu as raison ! s'exclama Cathy. Je vais faire un saut à la clinique pour lui en chercher un plus léger.

James, lui, resta avec la chienne, qui semblait un peu inquiète.

– Regarde, Belle, voilà qui sera plus

agréable ! lança Cathy en revenant quelques minutes plus tard.

À peine avait-elle échangé les colliers que Belle tourna la tête vers le jardin en poussant des gémissements.

– Fais-la sortir, proposa James. Moi, je vais finir d'aménager sa « chambre ».

Dès que Cathy poussa la porte, Belle se précipita dans le jardin.

– Cathy ! Cathy ! s'écria soudain James. Viens vite voir !

La petite fille se tourna vers son ami :

– Qu'est-ce qui se passe ? Pourquoi tu cries comme ça ? Est-ce que…

– Tu as bien regardé son collier ? la coupa-t-il, d'un air mystérieux.

– Évidemment !

– Il y a une inscription dedans ! Je ne l'aurais jamais remarquée si je n'avais pas observé attentivement.

– Où ça ? Laisse-moi voir ! s'écria Cathy en lui arrachant presque le collier des mains.

Elle plissa les yeux pour mieux voir.

– Il y a un K… un I… puis M… S… L…

E… I… O…, déchiffra-t-elle. Ce n'est pas un nom !

– Regarde mieux ; les deux dernières lettres ressemblent plutôt à des chiffres. Et puis il y a un espace après le E. Et ce n'est pas un S, mais un B…

– C'est un B, tu as raison. Cela donnerait donc… Kimble ! s'exclama-t-elle. James, tu es génial !

Connaissant son ami comme elle le connaissait, Cathy se retint de lui sauter au cou pour ne pas le faire rougir.

– Il y a une Jessica Kimble à l'école, reprit-elle, tout excitée. Son père élève des perroquets. Je suis presque sûre qu'ils n'ont pas de chien, mais ils peuvent avoir des parents dans la région.

– Sinon, nous allons appeler tous les Kimble de l'annuaire du téléphone.

– Surveille Belle ! dit Cathy. Je cours mettre maman au courant de notre découverte !

– Désolée, c'était un peu long ! s'excusa Cathy en revenant dix minutes plus tard.

Maman a téléphoné au père de Jessica, qui est un de nos clients. Ils n'ont aucun parent par ici. Elle est en train d'appeler les autres Kimble de l'annuaire ; elle a préféré le faire elle-même.

– Aucun résultat, déclara Mme Hope en pénétrant à son tour dans la cuisine. Mais un numéro était occupé ; je vais le rappeler d'ici.

Elle décrocha le téléphone mural. Cette fois, quelqu'un lui répondit. En quelques mots, elle expliqua la situation. Soudain, son visage s'anima.

– Comment ? Votre fils a un golden retriever qui a disparu il y a trois semaines ? Oui, s'il vous plaît Madame Kimble, dit-elle en prenant un bloc et un stylo placés près du téléphone.

Elle se mit à noter le début d'un numéro avant de s'interrompre en s'exclamant :

– Mais... votre fils habite en Australie !

« L'Australie ! Comment une chienne perdue en Australie pourrait-elle se retrouver au fin fond de l'Angleterre ? »

songea Cathy en haussant les épaules.
James feuilletait machinalement l'annuaire pour masquer sa déception.
– Essayez de comprendre, expliqua Emily Hope quand elle eut raccroché. Il s'agit d'une très vieille dame qui voulait seulement nous aider…
– Désolée, Maman, lâcha Cathy. Une autre fois, j'aurais peut-être trouvé ça drôle, mais là, j'étais persuadée que nous avions trouvé le bon Kimble !
Tout à coup, Belle se leva et se mit à gratter les genoux de Cathy en haletant légèrement, sa longue langue rose pendante.
– Cathy, gémit James, il n'y a pas d'autres Kimble dans cet annuaire et je n'ai…
– James ! s'écria Cathy brusquement. Répète ce que tu viens de dire, s'il te plaît.
James lui lança un regard étonné, mais il fit ce qu'elle lui demandait.
– Il n'y a pas d'autres Kimble dans cet annuaire.
Belle s'agita encore plus.
– C'est bien ce que je pensais ! s'exclama

Cathy. Oh, j'ai été si bête, et tout cela, à cause de Jessica !

Mme Hope et James, perplexes, attendaient qu'elle s'explique.

– Nous avons cru que Kimble était le nom de son maître à cause de Jessica Kimble, poursuivit Cathy, mais en réalité…

Elle se tourna vers la chienne :

– En réalité, tu t'appelles Kimble, n'est-ce pas ma belle ?

Comme en réponse, la chienne aboya une fois. Elle s'appelait bien Kimble.

5

– Tu as sûrement vu juste, hélas, Cathy ! soupira Mme Hope en caressant la chienne surexcitée. Allons, calme-toi, ma belle, lui dit-elle doucement. Là… Tu es une brave chienne. Va boire un peu d'eau.
– Pourquoi as-tu l'air déçu, Maman ? C'est formidable que nous sachions enfin son vrai nom !
– Je comprends ce que vous voulez dire, Madame Hope, intervint James. C'est peut-être bon pour la chienne, mais cela nous ramène à la case départ : nous n'avons plus

aucun moyen de retrouver son propriétaire, à présent.

Cathy tomba des nues. Elle avait été si heureuse de voir la chienne réagir en s'entendant appeler par son nom qu'elle avait oublié le reste !

– Attends un peu, James ! s'écria-t-elle. Nous pouvons maintenant dire à la police et à la SPA qu'elle s'appelle Kimble. Or, s'il y a une déclaration de perte, son maître donnera son nom, n'est-ce pas ?

– Bien vu, Cathy ! dit Mme Hope. Je vais les appeler pour le leur dire.

– Et puis, Belle se sentira rassurée si on l'appelle par son nom ! ajouta James.

– Cathy et James, dit Mme Hope quand elle eut fini de téléphoner, allez me chercher des journaux pour garnir le fond du panier. Peu avant de mettre bas, Kimble voudra se faire un nid et cherchera quelque chose à déchirer. Alors, des journaux, ce sera parfait !

– En effet, c'est ce qu'il y a de mieux ! fit

une voix depuis la porte d'entrée. Alors, comment va Belle ?

Cathy leva la tête en souriant :

– Bonjour, Papa ! Tu veux parler de Kimble ? Elle se porte à merveille !

Cathy éclata de rire devant la mine surprise de son père et lui raconta comment ils avaient réussi à trouver son vrai nom.

– Pas de doute, c'est son vrai nom ! commenta M. Hope, amusé, tandis que Kimble martelait le sol de sa queue pour manifester son contentement.

– Regardez le panier que nous lui avons préparé. Vous croyez qu'elle a l'habitude que l'on s'occupe autant d'elle ? demanda James.

– Oui, certainement, répondit M. Hope, pensif.

– C'est ce qu'il y a de plus étrange dans toute cette histoire, Papa ! dit Cathy. Kimble a été très bien soignée et, apparemment, elle est habituée à recevoir des marques d'affection.

– Un maître si attentif ne l'aurait jamais abandonnée ! s'écria James.

– Si elle avait été volée, on le saurait à l'heure qu'il est, répliqua Cathy. Sans parler de ce coup de fil étrange ! Quelqu'un voulait s'assurer que nous l'avions trouvée. Si c'était vraiment sa maîtresse, pourquoi ne nous a-t-elle pas dit quelle était sa nourriture favorite, Papa ? J'ai compris qu'il ne faut pas s'inquiéter si elle ne mange pas, mais peut-être qu'elle n'aime tout simplement pas ce que nous lui donnons !

– Je suis passé voir ta grand-mère en rentrant, tout à l'heure, dit Adam Hope. Elle était en train de faire du pâté ; j'ai rapporté un peu de viande hachée pour Kimble, au cas où elle aurait l'habitude de manger de la viande crue. Nous lui en donnerons plus tard. En attendant, c'est à nous de déjeuner, et je meurs de faim !

– Oh là ! Je n'avais pas remarqué qu'il était si tard ! s'exclama James. Je file ! Je dois aller à la piscine avec mon père. S'il y a du nouveau, vous me prévenez, d'accord ?

– Tu reviendras demain matin ? demanda Cathy.

– Promis, répondit James. Je passerai voir comment va… Kimble ! ajouta-t-il, d'un ton joyeux.

6

Lorsque James arriva le lendemain dans la matinée, Cathy et Kimble étaient dans le jardin. La chienne se promenait sans laisse le long de l'allée en flairant et en grattant çà et là les plates-bandes, poussant de temps à autre de légers grognements. James agita la main :

– Bonjour, Kimble ! Salut, Cathy ! Tu as l'air triste… Tes parents ont changé d'avis ? Ils ne veulent plus la garder ?

– Ce n'est pas ça, répondit Cathy en esquissant un pauvre sourire. C'est Kimble : elle ne veut absolument pas rester dans la maison. Elle n'arrête pas de gratter la porte pour sortir. Pourtant, elle a fait ses besoins… Je ne comprends pas !

– Elle n'aime peut-être pas son panier et elle cherche un autre endroit pour mettre bas, suggéra James.

– Je ne crois pas ! soupira Cathy. Maman l'a encore examinée ce matin et elle pense que ce n'est pas pour tout de suite.

– Son foyer et son maître lui manquent, tout simplement.

– C'est possible. Pourtant, elle n'a pas essayé de sortir du jardin pour retrouver sa maison. Elle se contente de rester là et de gémir !

Elle regarda Kimble, qui continuait à flairer et à gratter le sol.

– Et tes parents ? Qu'est-ce qu'ils en disent ?

– Ils ne l'ont pas vue faire. Maman est partie en visite, et papa est occupé avec les patients. Et puis, je ne voulais pas la laisser seule en allant à la clinique.

– Je vais en parler à Simon, lança James. Il aura peut-être une idée.

Kimble, qui était au bout du jardin, leva la tête, regarda autour d'elle ; puis elle trottina vers Cathy.

– Tu veux rentrer ? lui demanda Cathy.

La chienne poussa un gémissement.

– Oh, Kimble ! Je ne sais vraiment pas ce que tu veux, soupira Cathy.

La chienne se dirigea vers un clapier grillagé, où trois lapins grignotaient des légumes. À côté du clapier s'élevait un petit tas d'herbe, qu'elle se mit à flairer vivement, avant de lever les yeux vers Cathy comme si elle attendait quelque chose.

C'est alors que James revint vers elles. Il tenait une balle, un os et un anneau en caoutchouc.

– Simon croit qu'elle aimerait peut-être jouer, annonça-t-il. À rapporter quelque chose, par exemple !

– Mais oui ! s'écria Cathy. C'est dans la nature d'un golden de rapporter des objets à son maître ! Je me souviens d'avoir lu ça

dans un des livres que nous regardions à la bibliothèque quand nous cherchions à entraîner Blackie.
Blackie, le labrador de James, était adorable, mais pas très obéissant, et les deux adolescents avaient lu toutes sortes d'ouvrages pour apprendre à le corriger.
– On va cacher chaque jouet dans un endroit différent, dit James.
– D'accord, dit Cathy. Je vais mettre l'anneau dans le tas d'herbe. Elle s'y intéressait beaucoup.
– Allez, ma belle, rapporte ! Rapporte ! murmura James à l'oreille de Kimble quand ils eurent terminé.
La chienne retrouva tous les jouets et les déposa aux pieds des enfants.
– Voilà ce qu'elle voulait ! s'écria James en caressant la tête de Kimble. Regarde comme elle remue la queue !
Pourtant, l'instant d'après, Kimble était retournée au tas d'herbe, qu'elle flairait et grattait, l'air misérable.
– J'ai une idée ! s'écria Cathy en s'élançant

en trombe vers la cuisine.

Elle en ressortit presque aussitôt, portant avec précaution un petit panier. Elle alla vers le clapier et dissimula son contenu dans le tas d'herbe. Puis elle invita James à la suivre au bout du jardin.

– Rapporte, Kimble ! Rapporte ! cria-t-elle alors à la chienne.

– Rapporte quoi ? demanda James.

– Attends, tu vas voir, dit Cathy en souriant. Je suis sûre d'avoir trouvé, cette fois ! Oui... oui... Regarde !

Kimble, l'œil brillant et la queue frétillante, remontait l'allée du jardin. Elle tenait délicatement quelque chose dans sa gueule.

– Tends la main, James, murmura Cathy.

Le garçon obéit.

– Donne-le à James, dit Cathy.

Doucement, faisant attention à ne pas le briser, Kimble déposa dans la main de James... un œuf ! Elle aboya, puis repartit vers le tas d'herbe. Cathy éclata de rire en voyant l'expression hébétée de James.

– Tu ne te souviens pas de l'histoire de ce

golden qui avait l'habitude de dénicher et de rapporter chaque jour à son maître des œufs de cane ? On l'a lue ensemble.

– Cathy, s'exclama James, tu es géniale ! Regarde, la voilà qui revient. Combien en as-tu cachés ?

– Six ! gloussa Cathy, dont un moins frais que les autres.

– Je suppose que Kimble ne fait pas la différence entre les œufs frais et pas frais ! remarqua James.

Mais James se trompait. Kimble rapporta cinq œufs, laissant le sixième où il était.

– Kimble est plus futée que tu ne le crois ! commenta Cathy.

– En tout cas, elle semble heureuse, observa James.

La chienne était rentrée dans la cuisine et lapait l'eau dans son bol sans cesser d'agiter la queue.

– Elle ne s'intéresse pas encore à la nourriture, dit Cathy. Et elle n'a pas l'air d'aimer le lait, même mélangé à du glucose.

– Une chienne qui rapporte des œufs ! dit

James, pensif. Peut-être qu'elle aimerait les œufs brouillés ?

– Bonne idée, James. Je vais demander à papa ou à Simon si nous pouvons lui en donner.

Cathy crut devenir sourde en entrant dans la salle d'attente de la clinique. Mme Anderson avait amené Yindee la Siamoise : cette dernière n'appréciait pas de rester enfermée dans son panier, et poussait des miaulements déchirants. Cela excitait trois chiens, qui aboyaient à qui mieux mieux.

– Cathy ! Que je suis contente de te voir ! dit Jane Knox. Simon et ton père sont en train de soigner un chien qui refuse de se laisser faire, et cette chatte va nous rendre fous. Il faudrait la mettre dans une de nos grandes cages.

De retour dans la salle d'attente, Cathy profita de ce que la porte du cabinet de consultation s'ouvrait sur un basset tirant comme un forcené sur sa laisse, pour demander à son père si elle pouvait donner à

Kimble des œufs brouillés.

M. Hope répondit qu'il n'y voyait aucun inconvénient, ajoutant dans un sourire qu'il n'en verrait aucun non plus à en avoir lui-même pour son déjeuner. Cathy se hâta de rejoindre James, et tous deux se mirent aussitôt à l'ouvrage.

À leur grand plaisir, Kimble ne laissa pas une bouchée de ce qu'ils lui avaient préparé. Puis elle grimpa dans son panier, se blottit confortablement et s'endormit.

Cathy poussa un soupir :

– Ce n'est pas tout ! Maintenant, il faut réfléchir à la façon dont on pourrait retrouver son maître ! Je suis sûre qu'elle n'a pas été abandonnée ; c'est évident que Kimble a eu un vrai foyer où elle a été aimée et éduquée.

– Ça va être difficile ! La seule chose que nous sachions de lui, c'est qu'il doit élever des poules, des oies ou des canards !

– C'est bien pour cela qu'il faut réfléchir !

Les enfants restèrent un moment songeurs.

– James ! s'écria soudain Cathy. Regarde !

Debout dans son panier, la chienne s'était mise à déchirer les journaux qui en tapissaient le fond. Elle les roulait en boule avec ses pattes, le souffle court.
– Kimble ? murmura Cathy.
La chienne s'arrêta, leva la tête, puis se remit à déchiqueter frénétiquement les journaux. Elle poussa, coup sur coup, deux gémissements inquiets.
– Je cours chercher papa, lança Cathy.

7

– Jane, maman est rentrée ? Où est papa ?
– Ils sont tous les deux dans le cabinet de consultation, répondit la jeune femme.
– Maman ! Papa ! cria Cathy en ouvrant la porte du cabinet à la volée, Kimble va faire ses petits. Elle respire fort et déchire les journaux ! Elle est dans tous ses états !
– Elle n'est pas la seule, apparemment ! commenta Emily Hope. Calme-toi, ma chérie. Il risque encore de s'écouler un moment avant qu'elle ne mette bas.
Le ton posé de Mme Hope rassura Cathy.

– Je sais, Maman, mais elle s'est mise à gémir et…
– Je vais jeter un coup d'œil, dit Mme Hope en se dirigeant vers le lavabo pour se laver les mains.

– Je pense qu'il ne se passera rien avant une heure ou deux, estima la vétérinaire après avoir examiné Kimble. Mais elle ne va pas se calmer pour autant : être mère, surtout pour la première fois, est une expérience bouleversante !
– On ne peut pas l'aider ? demanda James.
– Non. Il faut la laisser déchirer les journaux. Ne vous inquiétez pas si elle halète, dit Mme Hope en souriant.
– Son regard est si angoissé…
– Eh bien, n'y faites pas attention. Soyez gentils avec elle, c'est tout. Ce qui lui arrive est parfaitement normal. Mais en aucun cas elle ne doit se sentir encouragée à avoir pitié d'elle-même, entendu ?
Cathy et James acquiescèrent.
– Quant à toi, James, si tu comptes assister

à la naissance des chiots, tu devrais prévenir tes parents !

– Vous voulez dire que je peux rester, Madame Hope ? s'exclama James, rouge d'émotion.

– Oui. En attendant, nous allons déjeuner, puis je retournerai au cabinet de consultations. Ah ! j'allais oublier : si Kimble veut boire, il ne faut lui donner que de l'eau ou du lait froid. Le lait chaud risquerait de l'assoupir, et elle va avoir besoin de toute son énergie pour expulser ses petits. Et restez calmes : la nature fait bien les choses !

Cathy sourit, un peu rassérénée. Elle était toutefois contente que James soit là.

– Et si on dressait la liste de toutes les idées qui nous passent par la tête pour retrouver le maître de Kimble ? proposa James après le déjeuner. Tes parents ont déjà averti la police et la SPA. Nous, on va contacter tous les gens qui s'occupent des chiens, d'une façon ou d'une autre. Par exemple, Jeanne et André qui travaillent au salon de toilettage

de Walton, poursuivit James. Ils vendent aussi de la nourriture et ils font des livraisons. Cela peut être une bonne piste.
– James, tu es génial ! s'écria Cathy, qui s'était munie d'un crayon et prenait des notes dans un carnet. Ils doivent connaître la plupart des chiens de la région !
– Oui, donc il est possible qu'ils aient déjà vu Kimble. On ira les voir demain.
– Et il y a le bibliobus, dit Cathy. Mme Chambers est très sympa. Tout le monde lui parle de ses chiens, les amène à son camion pour les lui montrer. C'est une cliente de l'Arche des animaux, nous avons son numéro de téléphone.
– Les facteurs ! lança James. Eux aussi connaissent tous les chiens ! Nous allons demander à notre facteur de mettre une annonce dans son bureau de poste. Ceux des autres villages accepteront peut-être de la mettre aussi dans leur bureau. Une annonce du genre : « Connaissez-vous le propriétaire de ce chien ? », avec une description de Kimble en dessous.

– Ou, mieux, une photographie ! proposa Cathy. Nous allons la prendre avec l'appareil de papa. Oh, zut ! J'y pense, il n'y a plus de pellicule. Nous en achèterons une demain matin.

James soupira :

– Enfin, nous avançons !

– Je crois que Kimble aussi ! murmura Cathy. Regarde, elle s'accroupit, et on dirait qu'elle pousse. Je vais chercher maman !

Cathy sortit de la cuisine en s'obligeant à marcher vers la clinique d'un pas mesuré. Mme Hope, qui finissait de soigner un hamster, leva la tête :

– D'accord, Cathy, nous allons nous occuper de Kimble. Prends quelques serviettes propres, un paquet de gants en caoutchouc et deux ou trois sacs poubelles ; ils nous seront utiles quand nous changerons le lit de la chienne. Et des blouses blanches pour toi et James, ajouta Mme Hope. Lavez-vous bien les mains. J'arrive.

James fut soulagé de voir Cathy revenir.

– Il ne s'est encore rien passé, dit-il en fronçant les sourcils à la vue des blouses blanches. J'avais si peur que ça ne commence pendant que j'étais seul !

– Je ne suis partie que deux minutes ! observa Cathy.

– Oui, mais le temps m'a paru drôlement long ! dit James en remontant ses lunettes sur son nez. Kimble nous regarde, Cathy. Crois-tu qu'elle veut des caresses ?

– Je ne sais pas. Maman nous le dira.

– Elle n'a pas encore de vraies contractions, mais ça ne va pas tarder, constata Mme Hope après avoir examiné la chienne. J'ai l'impression qu'elle voudrait que vous soyez auprès d'elle.

Kimble avança la tête et flaira l'épaule de Cathy, puis celle de James. Puis, sans s'attarder, elle recula, tourna deux ou trois fois sur elle-même dans le panier et se coucha.

– Elle peut trouver plus confortable de s'étendre pour la mise bas, dit doucement Mme Hope. Attention ! Je crois que le moment est arrivé. Cathy ! De l'eau chaude, les serviettes, les gants en caoutchouc ; prépare aussi une boîte en carton et un coussin chauffant au cas où nous aurions besoin de séparer Kimble de ses chiots. Tu trouveras tout ce qu'il te manque dans la salle d'opération.

– Voilà le chiot numéro un, murmura Mme Hope quelques instants plus tard. D'abord la poche des eaux. Regardez : on dirait un ballon de baudruche ! Elle va éclater en laissant s'écouler du liquide. Ça y est ! À présent, si tout va bien, le chiot !

Le chiot apparut, enveloppé d'une fine membrane de couleur grisâtre. Intrigué, James montra du doigt le cordon qui partait du nombril de la petite créature.

– C'est par là qu'il se nourrissait quand il était dans le ventre de sa mère ? demanda-t-il, ému, à Mme Hope.

Mme Hope acquiesça avant de dire, l'air un peu soucieux :

– Kimble ne semble pas comprendre ce qu'elle doit faire maintenant.

Voyant l'expression inquiète des deux enfants, Mme Hope leur adressa un sourire rassurant.
– Il faut débarrasser le chiot de la membrane en le léchant, dit-elle d'une voix douce. De plus, le fait de sentir la langue de Kimble éveillera le petit et le poussera à prendre sa première inspiration. Le plus important, continua-t-elle en joignant le geste à la parole, c'est de déchirer la membrane sous le museau du chiot. James, donne-moi des mouchoirs en papier ! Voilà, regardez bien : il faut ouvrir la gueule, ôter le mucus qui peut s'y trouver, bien nettoyer ses narines…
Mme Hope tenait le minuscule chiot la tête en bas. Cathy et James retenaient leur souffle.
– Cela permet au liquide resté dans ses poumons de s'écouler, leur expliqua-t-elle.
Le chiot crachota, puis poussa un couinement aigu. Ensuite, il se mit à respirer comme s'il tombait dans un profond sommeil.

– Je vais le poser à côté de sa mère ; on va voir si elle s'y intéresse, expliqua Mme Hope. Regarde, Kimble ! Ton premier-né est un beau petit mâle !

– Que devrait-elle faire maintenant ? dit Cathy. Couper le cordon ?

– Oui, et lécher le chiot. Mais je ne crois pas qu'elle en ait l'intention. Je vais le frotter moi-même avec une serviette. N'ayez pas peur s'il criaille encore. Au contraire, ce sera la preuve qu'il est bien vivant. Quand Kimble l'entendra, elle s'occupera peut-être de lui.

Effectivement, lorsque le chiot se mit à couiner, Kimble se leva. Cathy et James se regardèrent, ravis : tout s'arrangeait ! Mais non. La chienne s'allongea de nouveau en leur tournant le dos. Elle ne voulait rien savoir.

– Ce n'est pas grave, je vais couper le cordon moi-même, dit Mme Hope.

Elle serra le cordon avec du fil chirurgical, à deux ou trois centimètres du nombril du chiot, puis coupa le reste avec des ciseaux

stérilisés.
– Nous allons le mettre dans la boîte, sur le coussin, dit-elle.
– Ne faut-il pas le nourrir, Maman ? demanda Cathy.
– Si, normalement ; mais on ne doit pas imposer le chiot à sa mère. Kimble va sans doute réagir quand le deuxième va venir. Alors, nous pourrons faire téter les deux en même temps.
Le deuxième chiot naquit vingt minutes plus tard. Kimble approcha son museau, mais, cette fois encore, ne déchira pas la membrane.
– Veux-tu t'en occuper, Cathy ?
Cathy prit une grande respiration, fière que sa mère lui confie une tâche d'une telle importance.
– Assure-toi d'abord que Kimble peut voir ce que tu fabriques, et sers-toi de ton ongle pour déchirer la membrane sous le museau du chiot... C'est ça. Ouvre-lui la bouche, essuie le mucus. Autour des narines... C'est bien !
– Est-ce que je dois le tenir la tête en bas ?

Sa mère hocha la tête. Mais la petite créature ne voulut pas crachoter. Elle restait inerte.

– Bon. Je prends le relais, décida Mme Hope.

Elle saisit le chiot et lui tapota gentiment mais fermement l'arrière-train. Puis, elle se mit à le balancer de droite et de gauche.

Cathy se mordait les lèvres ; James était aussi immobile qu'une statue. Mais quand le chiot commença de hoqueter, tous deux éclatèrent de rire, soulagés.

Brusquement, Kimble se mit debout et poussa du museau la main de Mme Hope.

– Elle le veut ! murmura Cathy, ravie. C'est une femelle ou un mâle, Maman ?

– C'est une petite chienne !

Au grand ravissement des enfants, Kimble entreprit de lécher le chiot de la tête jusqu'au bout de sa queue. Soudain, le petit se mit à pousser des cris aigus. James et Cathy regardèrent Emily Hope.

– Rassurez-vous, Kimble ne mange pas son petit ! Elle est en train de couper le cordon, et cela doit lui faire un peu mal.

– Ouah ! s'exclama James en frottant ses lunettes sur sa blouse blanche. J'en ai la chair de poule !
– Ce chiot a besoin d'un bon massage. Peux-tu t'en charger, James ?
James prit la serviette que lui tendait Mme Hope, s'agenouilla près du panier et murmura à mi-voix à la chienne :
– Ne t'inquiète pas, Kimble. Je te promets de te le rendre tout de suite.
Kimble regardait James d'un air anxieux ; Mme Hope sourit :
– Tiens-le encore une seconde avant de le reposer, James.
Elle prit le premier chiot dans la boîte en carton.
– Son instinct maternel s'est réveillé. Nous allons mettre les deux chiots à téter ensemble. Tu es prêt, James ? Allons-y !
Kimble renifla rapidement le premier chiot, puis reporta son attention sur le second.
– Elle ne semble pas très attirée par le petit mâle, mais, du moins, il peut téter, dit Mme Hope. Verse-lui un peu de lait, Cathy. Nous

allons les laisser quelques instants, et voir si Kimble boit à son tour. Puis, nous changerons les journaux.

Kimble se mit à laper goulûment le lait froid.

– C'est vraiment la première fois qu'elle boit avec autant de plaisir, observa James.

– Allons-nous lui laisser les petits pendant qu'elle accouche du reste de la portée, Maman ?

– Si Kimble est trop agitée ou bien s'il y a le moindre problème, nous les mettrons dans la boîte. Là, on dirait qu'elle s'installe ; les autres ne sont pas pour tout de suite. Il faut qu'elle se repose un peu.

En attendant l'arrivée des autres chiots, Cathy et James préparèrent leur journée du lendemain. Ils décidèrent de se rendre tout d'abord au bureau de poste pour demander l'autorisation d'y afficher une annonce. Ensuite, ils passeraient au salon de toilettage, sans oublier d'acheter une pellicule.

– Même si Jeanne et André n'ont jamais

toiletté Kimble, peut-être qu'ils connaissent un golden retriever mâle qui serait le père des chiots, lança Cathy. Je suis certaine qu'ils sont de pure race.
– Comment le sais-tu ? s'étonna James. Ils sont encore si petits ! Et puis, leurs yeux sont fermés et leurs oreilles presque collées à la tête.
Pourtant, Cathy était persuadée que la grossesse de Kimble avait été programmée, et que le père était aussi un golden. Elle jeta un coup d'œil vers le panier et murmura :
– James, Kimble vient d'avoir un autre chiot ! Et elle sait ce qu'il faut faire, maintenant. Elle déchire la membrane et… Regarde ! Elle le lèche !
– Il a l'air bien calme ! s'inquiéta James. Tu ne crois pas qu'il a besoin d'un bon massage, comme le précédent ?
Au même moment, Cathy entendit la porte s'ouvrir et elle se tourna, soulagée, vers sa mère qui entrait dans la cuisine.
– Maman ! Kimble a eu un troisième chiot, et il ne bouge pas !

Emily Hope s'approcha à la hâte et prit le chiot. Elle le regarda un instant, puis leva la tête vers les enfants. Le visage de Cathy s'assombrit. Elle comprit ce que sa mère allait dire.

8

– Ce petit-là est mort, hélas ! annonça Emily Hope avec douceur.

– Pauvre Kimble ! Elle avait essayé de le ranimer…, dit Cathy d'une voix émue. Regarde, Maman ! Elle sort du panier ! J'espère qu'elle ne se désintéresse pas des autres chiots !

– Non, elle a besoin de bouger, répondit Mme Hope. Accompagnez-la au jardin. Ne vous attardez pas, il fait froid dehors. Je retourne à la clinique pendant ce temps.

Cathy devina que sa mère voulait emporter

le chiot mort-né pour qu'elle ne le voie pas.
– Tu viens, James ? demanda-t-elle.
Alors qu'elle ouvrait la porte, son ami lui prit le bras.
– Allons, Cathy ! lança-t-il comme s'il avait deviné ses pensées. Il y en a déjà deux, et il va y en avoir d'autres.
– Tu as raison, James. Il faut toujours essayer d'être positif, acquiesça Cathy.

De retour dans la cuisine, Kimble se dirigea droit sur son bol d'eau. Cathy et James se demandaient anxieusement si elle allait regagner son panier après avoir bu.
– Elle y va ! s'exclama Cathy.
Ils regardèrent la chienne s'allonger contre les chiots. De nouveau, elle ignora le mâle et se mit à lécher la femelle.
– On dirait qu'elle ne l'aime pas du tout, constata tristement Cathy. Et si on leur donnait des noms ? ajouta-t-elle.
– Que penses-tu de Jake ? proposa James en regardant le chiot mâle.
– Tu es drôlement rapide !

– J'étais justement en train d'y penser quand nous avons sorti Kimble. Qu'est-ce que tu en dis ?
– Ça lui va comme un gant ! Et que penses-tu de Judy pour sa sœur ?
– Parfait, approuva James en souriant.
La mère de Cathy, qui revint dans la cuisine, trouva les deux prénoms très jolis. Elle prit le petit mâle et le mit contre les mamelles de sa mère :
– Brave fille, Kimble ! Laisse-le téter. C'est bien… tu es une bonne chienne.

Une heure passa sans qu'un autre chiot arrive. Kimble se leva et fit le tour de la pièce.
– Mettez Jake et Judy dans le carton, dit Mme Hope. Je me doute que vous aimeriez les cajoler, mais il vaut mieux les toucher le moins possible.
Cathy et James acquiescèrent et, prenant chacun un chiot, ils les déposèrent côte à côte sur le coussin chauffant.
Kimble n'eut aucun mal à mettre au monde

le chiot suivant, mais ne toucha pas à la membrane.

– C'est un mâle, annonça Mme Hope. Il est tout petit et frêle. Ce ne sera pas facile de le garder en vie !

– Veux-tu qu'on l'appelle Jimmy ? demanda Cathy à James.

– C'est d'accord, répondit James. Pauvre Kimble ! Elle a l'air si abattu ! J'espère qu'il n'y en aura pas d'autres.

Mme Hope examina Kimble.

– Ne t'en fais pas trop pour elle, James, conclut-elle. Les chiennes sont souvent très fatiguées après leur premier accouchement. D'ici un jour ou deux, elle aura retrouvé son énergie. De toute manière, je crois que c'est terminé. Jimmy était le dernier.

Kimble accepta que Jimmy la tète sans lui prêter attention.

– Maman, est-ce que Kimble se comporterait différemment avec ses bébés si elle était chez elle ? demanda Cathy.

Mme Hope hocha la tête :

– C'est possible, ma chérie. Pour l'instant,

il faut la laisser en paix. Je vais enlever les journaux et nettoyer un peu. Et toi, Cathy, je crois que ton père aimerait que tu lui donnes un coup de main à la clinique.
– D'accord, Maman, mais je vais d'abord rendre une petite visite à mes lapins, lança Cathy.
– Bon, il vaut mieux que je parte, dit James. Blackie ne m'a pas vu de la journée, et il va me bouder.

Après les émotions de cette journée, jouer avec ses lapins et les nourrir détendit Cathy. Ainsi, elle aida efficacement son père à la clinique.
– Alors, ça va mieux ? lui demanda-t-il quand ils eurent rangé la salle d'opération.
– Oui, un peu, répondit Cathy. Je sais que je ne devrais pas m'inquiéter autant. Deux chiots sont en bonne santé, et le troisième a des chances de s'en sortir. J'aurais seulement voulu qu'elle leur montre plus d'intérêt. Ce serait sans doute différent si elle était chez elle. Mais James et moi allons

remédier à cela, ajouta-t-elle d'un air très décidé.

– Je suis sûr que, si quelqu'un peut faire quelque chose, c'est bien vous deux ! confirma son père en souriant. Tiens, ta mère m'a demandé de lui rapporter un biberon et un mélange lacté. Le plus jeune chiot est trop faible pour téter Kimble, et il va avoir besoin de soins constants. Tu seras de garde jusqu'à minuit ; puis, ta mère ou moi, on te remplacera ; d'accord ?

Cathy acquiesça.

C'était une tâche difficile que de nourrir le chiot au biberon. M. Hope avait agrandi le trou de la tétine pour que Jimmy puisse téter sans trop d'efforts. Mais, malgré cela, il n'avait presque rien avalé avant de s'endormir.

– S'il ne prend que ça en une fois, il faudra recommencer toutes les heures, dit M. Hope à Cathy.

– Pourvu qu'il survive ! répondit Cathy en soupirant.

Cathy donna une chiquenaude sur le derrière

de Jimmy pour attirer son attention, mais le petit chiot ne réagit pas ; alors, elle lui massa doucement l'abdomen avec un morceau de coton imbibé d'eau tiède pour le nettoyer et l'aider à digérer le mélange lacté, mais cela ne l'éveilla pas davantage.

– Est-ce que je dois le mettre avec Kimble et les deux autres chiots ? demanda-t-elle.

– Oui. Même si Kimble l'ignore, elle le laissera dormir contre elle, affirma M. Hope.

Kimble leva la tête et regarda Cathy placer Jimmy entre les deux petits chiots. La petite fille sentit son cœur se serrer, car la chienne avait l'air plus misérable que jamais.

– C'est seulement parce qu'elle est fatiguée, Papa ? murmura-t-elle en caressant la grosse tête dorée de Kimble.

– Non. Je pense qu'il y a autre chose, répondit M. Hope. Sa maison et son maître doivent lui manquer. Mais elle est en bonne santé, elle s'en sortira. Seulement, elle est déshydratée, et j'aimerais qu'elle boive davantage. Essaie de lui donner un peu de lait tiède, Cathy, pendant que je vais aider ta mère à remplir quelques papiers pour la clinique. Appelle-nous si tu as besoin de quoi que ce soit.

Il était près de minuit, et Cathy avait du mal à garder les yeux ouverts. Elle avait réussi à persuader Kimble de boire un peu, et elle avait nourri Jimmy trois fois. Kimble avait allaité les deux autres chiots. Entre chaque tétée, elle avait léché et nettoyé Judy, sans s'occuper du petit mâle. Aussi Cathy l'avait-elle frotté avec un coton imbibé d'eau tiède.

Quand Adam Hope arriva pour la remplacer, Cathy venait juste de se préparer une tasse de chocolat.

– Je vais la boire dans ma chambre, dit-elle en jetant un dernier regard à Kimble et ses petits.

C'est alors que la chienne se leva. Elle sortit du panier et s'avança vers Cathy en poussant de petits gémissements.

– Qu'est-ce qui ne va pas, ma belle ?

demanda Cathy en se baissant pour la caresser.

Kimble leva la tête et essaya d'atteindre la tasse de Cathy.

– Tu veux un peu de chocolat, c'est ça ? devina Cathy.

Adam Hope prit le bol de Kimble et y versa du lait. Cathy y ajouta la moitié du contenu de sa tasse, et son visage s'éclaira lorsqu'elle vit Kimble engloutir le tout jusqu'à la dernière goutte. Rassurée, Cathy prit le reste de son chocolat et monta se coucher.

9

Le lendemain matin, sur le chemin du bureau de poste, Cathy exposa en détail la situation à James. Jimmy était toujours vivant, mais le nourrir restait extrêmement difficile, et Cathy ne se faisait pas trop d'illusions.

– Même si Kimble n'a pas l'air de s'occuper beaucoup de Jake, ajouta-t-elle, elle le laisse téter. Quant à Judy, elle est beaucoup plus vigoureuse, et n'a pas besoin de nous ! Il faut absolument que nous retrouvions le maître de Kimble, James ! Je suis sûre que

Kimble serait une mère formidable si elle ne se sentait pas aussi perdue.

Au bureau de poste, l'employé leur demanda assez sèchement ce qu'ils voulaient. Cathy lui adressa son plus beau sourire et lui expliqua la situation aussi clairement et brièvement que possible.
– Quelqu'un qui est capable d'abandonner son chien ne mérite pas qu'on s'occupe de lui ! s'exclama alors l'homme. Si la chienne avait été volée, on le saurait à l'heure qu'il est !
Il lança un coup d'œil à Cathy et ajouta plus gentiment :
– Il faut donner un vrai foyer à cet animal ! Moi-même, j'ai eu une chienne. Elle avait seize ans quand elle est morte. J'ai eu vraiment beaucoup de peine. C'était il y a un an seulement.
Embarrassée, Cathy se mordit les lèvres et tourna les yeux vers James pour lui demander de l'aide.
– Kimble souffre beaucoup de cette sépara-

tion, dit celui-ci. C'est pour cela que nous devons retrouver son maître. Nous sommes sûrs qu'elle avait été choyée et bien soignée, et qu'elle n'a pas été volontairement abandonnée. Il doit y avoir une explication.

– Entendu, vous avez gagné ! Je vais afficher votre annonce ici, et je vais en parler aux facteurs. Mais promettez-moi que, si vous retrouvez le propriétaire de la chienne, vous lui poserez les questions qui s'imposent avant de la lui rendre. Et n'oubliez pas que je suis prêt à donner un foyer à la petite au cas où personne ne la réclamerait. Maintenant, sauvez-vous et allez préparer ces annonces et la photo de la chienne. Je vous attends demain !

Les deux amis sortirent du bureau le sourire aux lèvres.

– Au début, il m'a fait un peu peur, avoua Cathy. Mais, finalement, il est très gentil !

James l'approuva. Quiconque aimait les chiens était immédiatement sympathique au jeune garçon.

– Maintenant, on passe au salon de toilettage, puis on achète la pellicule pour ton Polaroïd, et on fonce à la maison.

Quand les deux amis poussèrent la porte du salon du toilettage, ils trouvèrent Jeanne en train de tondre un caniche noir.

– Une femelle golden ? Non, je ne connais pas, dit-elle. Nous livrons bien de la nourriture dans une maison où il y en a un. C'est un chien qui a gagné plusieurs prix et qui est déjà père de nombreuses portées, mais il est trop vieux pour être celui que vous cherchez.

– Nous allons quand même demander à sa maîtresse, on ne sait jamais ! promit André. Donnez-nous une photo lorsque vous en aurez une, et nous la montrerons à nos clients.

Cathy les remercia et promit de revenir très bientôt avec une photo.

De retour à l'Arche des animaux, Cathy prépara un peu de mélange lacté pour nourrir Jimmy tandis que James prenait quelques photos de Kimble.

– Jimmy n'a que la peau sur les os, Papa ! soupira Cathy en cajolant le chiot, qui tenait dans la paume de sa main. Il ne me lèche pas le doigt quand je le lui présente et j'ai beau lui mettre une goutte de lait sur le museau, il ne bouge pas d'un pouce. Je ne peux rien pour lui !
– Oui, le pauvre petit s'affaiblit, confirma M. Hope. Je vais essayer de le nourrir à l'aide d'une seringue.
Mais lorsque M. Hope eut introduit un peu de lait dans sa gorge, le chiot eut un hoquet et le rendit aussitôt.
– Pauvre petit Jimmy, murmura Cathy en lui tapotant doucement la gueule avec un coton imbibé d'eau. Prends-le en photo, James, dit-elle, que nous puissions montrer au propriétaire de Kimble à quoi ressemblait le dernier-né de la portée.
Adam Hope posa la main sur l'épaule de sa fille :
– Courage, Cathy ! Quoi qu'il en soit, les deux autres vivront. On ne peut pas gagner à chaque fois !

– Je sais, Papa. Mais c'est dur à accepter. À part ça, que se passe-t-il à la clinique ? Y a-t-il eu de nouveaux venus ?
– Oui. Un des cochons d'Inde de Johnny Foster, Brandy, avec une mauvaise écharde dans la joue. Simon a réussi à la retirer, mais nous allons le garder cette nuit pour être sûr qu'il n'y aura pas d'infection. Ta mère est en train de faire une prise de sang à Yindee.
Cathy posa doucement Jimmy dans la boîte.
– Kimble a envie de sortir dans le jardin, remarqua-t-elle. Ça l'amuserait peut-être de dénicher des œufs dans l'herbe.
– Il y en a dans le garde-manger, répondit M. Hope. Si elle ne les casse pas tous, prépare-lui ensuite des œufs brouillés ; elle a besoin de reprendre des forces.
Cathy alla chercher deux œufs et les cacha dans l'herbe. Kimble les rapporta, mais elle semblait toujours aussi triste.
James la regardait d'un air inquiet :
– Elle me fait de la peine ! Il faut vite retrouver son maître. Viens, on va porter les photos au salon de toilettage.

10

– Jeanne et André ont maintenant une photo de Kimble et de ses chiots, et James est rentré chez lui pour préparer les annonces destinées aux bureaux de poste, expliqua Cathy à ses parents.

C'était presque l'heure des consultations de l'après-midi à la clinique, et les Hope prenaient une tasse de thé. Cathy préparait une nouvelle boisson lactée pour Jimmy.

– Je vais aussi téléphoner à Mme Chambers, annonça-t-elle, pour lui demander si un de ses abonnés au bibliobus ne possède pas une chienne ressemblant à Kimble. Et si rien de tout cela ne marche... eh bien, je n'ai pas d'autre idée pour l'instant !

– Vous avez travaillé comme des chefs, tous les deux ! intervint Mme Hope. Pourvu que ça porte ses fruits ! Kimble est en train de nous faire une dépression, dit-elle en se dirigeant vers la chienne, couchée à côté de ses petits.

– Propose-lui un peu de lait ou de chocolat après avoir nourri le chiot, Cathy, conseilla M. Hope. Si elle ne boit pas davantage, nous serons obligés de la mettre au goutte-à-goutte pour prévenir la déshydratation.

– Dans ce cas, nous devrons donner aussi le biberon à Jake et Judy, n'est-ce pas ? dit Cathy.

– Il va falloir le faire de toute manière, répondit M. Hope. J'ai le sentiment que Kimble va bientôt les rejeter complètement.

Une fois ses parents partis à la clinique, Cathy soupira en regardant la chienne : « Je dois l'empêcher de déprimer. Mais comment ? »

Cathy essaya de rester calme et gaie. C'était difficile : le dernier-né ne prit que peu de lait, et Kimble quitta son panier dès que les deux autres chiots se mirent à la téter.

– J'espère que tu as soif, Kimble, lança Cathy d'un ton engageant. Que dirais-tu d'un peu de chocolat ?

Kimble était en train de laper son chocolat sans grand enthousiasme lorsqu'on frappa à la porte donnant sur le jardin. Cathy se hâta d'aller ouvrir, et Elise Knight se précipita dans la cuisine ; elle tenait dans les bras sa petite chatte, Jet. Maisy, sa dalmatienne, trottinait sur ses talons.

– Je passe par ici, c'est plus rapide, expliqua la jeune fille, à bout de souffle. Jet a avalé une de mes boucles d'oreille, Cathy ! C'est de ma faute ; je l'avais laissée traîner sur le buffet !

Cathy prit la chatte des bras d'Elise :

– Je l'emmène à la clinique. Ne panique pas, Elise, je pense qu'il suffira de donner à Jet quelque chose pour faire glisser la boucle plus vite.

Quelques instants plus tard, quand Cathy revint dans la cuisine, son sourire rassura Elise :

– Maman a dit qu'il ne fallait pas t'inquiéter, elle va donner à Jet un peu d'huile de ricin. Elle a demandé que tu nous la laisses pour cette nuit et…

Cathy s'interrompit brusquement en voyant ce que faisait Maisy. La dalmatienne s'était assise près de la boîte et, la tête penchée d'un côté, elle observait attentivement les trois boules de poils.

– Elle regarde les chiots ! s'écria Cathy.

– Quels chiots ? s'étonna Elise.

– Ceux de Kimble, répondit Cathy en se tournant vers le golden.

La chienne était allongée près de son bol, sa grosse tête reposant sur ses pattes de devant, le regard vide.

– J'étais si inquiète pour Jet que je ne l'avais même pas vue ! dit Elise. Qu'est-ce qu'elle a, Cathy ? Elle a l'air si abattu ! Attention ! Maisy est en train de renifler les chiots, et la mère pourrait ne pas aimer ça !

– Elle est bien trop triste pour s'en soucier, répondit Cathy.

À cet instant, Maisy se mit à lécher les petits ! Soudain, un des chiots poussa un couinement.

Kimble, mue par l'instinct, sauta sur ses pattes pour protéger sa portée. Elle se dirigea vers Maisy, la poussa d'un coup de museau, puis elle grimpa dans son panier.

Elise attrapait Maisy par son collier lorsque Cathy s'écria :

– Regardez ! Kimble les lèche ! Elle les lèche tous !

Elle riait de bonheur en voyant les corps menus des chiots se tortiller sous la langue rose de Kimble avec des gémissements de plaisir.

Maisy agitait fébrilement sa queue, qui balaya les jambes de Cathy. Celle-ci s'agenouilla et prit la tête de la dalmatienne dans ses mains :

– Oh, Maisy ! Tu es une bonne chienne ! Grâce à toi, Kimble a compris qu'elle aimait ses chiots !

Elise secouait la tête, tout étonnée. Cathy lui sourit et lui raconta toute l'histoire.
– Si tu n'avais pas amené Jet, Maisy n'aurait pas léché les chiots, et Kimble ne se serait peut-être jamais intéressée à eux, dit-elle en conclusion.
Elle lança de nouveau un coup d'œil vers le panier de la chienne. Tout en léchant Jimmy, Kimble était en train d'allaiter Jake et Judy.
– J'ignore si le plus petit survivra, dit Cathy. En tous cas, il aura connu l'amour maternel !

Adam Hope arriva sur ces entrefaites et confirma à Elise qu'elle pourrait ramener la chatte chez elle le lendemain matin.
Puis il se tourna vers Cathy :
– Toi, on dirait un chat qui vient de manger de la crème ! lança-t-il en remarquant l'expression de bonheur qui brillait dans ses yeux.
Cathy lui raconta avec animation ce qui s'était passé. Maisy poussa un grognement de plaisir quand M. Hope lui prit la tête dans

ses mains pour la complimenter, en approchant sa bouche de l'oreille de la chienne afin qu'elle sente les vibrations de sa voix qu'elle ne pouvait entendre :

– Bravo, ma toute belle ! Nous irons te chercher si l'intérêt de Kimble pour ses petits s'estompe !

– Je suis certaine que Cathy et James auront retrouvé son maître avant que ça n'arrive ! s'exclama Elise.

– Je l'espère ! soupira Cathy. Quand j'aurai téléphoné à la bibliothécaire et que nous aurons porté les annonces à la poste, il n'y aura plus qu'à attendre.

11

– J’étais sur le point de nourrir Jimmy quand tout ça est arrivé, dit Cathy à son père. Dois-je le faire quand même ou faut-il laisser Kimble se débrouiller ?

– Être léché par sa mère pourrait le stimuler suffisamment pour qu’il accepte de se nourrir lui-même, répondit M. Hope. Mais je doute qu’il ait la force de téter.

Il s’accroupit et, tout en caressant Jimmy d’un doigt, il parla doucement à Kimble. La chienne n’arrêta pas de lécher le chiot, mais elle ne chercha pas non plus à repousser le

doigt du vétérinaire. Elle se contenta d'agiter la queue.
– Je ne crois pas qu'elle se fâcherait si tu essayais de nourrir Jimmy à la seringue pendant qu'elle le lèche, dit-il.
Cathy remplit donc partiellement la seringue et s'agenouilla près du panier.
– Tu es d'accord ? Je peux m'occuper de ton petit ? Là, je vais placer une main sous ses pattes de devant pour pouvoir tenir sa tête avec mon pouce… Continue à lui lécher le ventre. Je vais mettre ça dans sa petite gueule. Tu vois ?
Kimble poussa un gémissement et passa sa langue sur la main de la fillette avant de recommencer à lécher le ventre du chiot.
– Ça marche, Papa ! murmura Cathy. Je sens sa petite gorge bouger quand il avale. Bravo, Jimmy ! Encore… encore… À présent, il remue sa langue. Il a compris. Et voilà qu'il plisse le museau ! À tes souhaits ! lança-t-elle en éclatant de rire.
Le bébé chien venait d'éternuer. Inquiète, Kimble repoussa la main de Cathy avec sa

patte avant de renifler anxieusement le museau de son chiot.

– Tout va bien, Kimble. Je ne lui ai pas fait de mal, la rassura Cathy.

Kimble se remit à le lécher. Enfin, l'attirant vers elle de sa patte repliée, elle le cala contre son ventre à côté de Jake et Judy.

– Elle veut sans doute me montrer qu'il est temps pour lui de dormir, commenta Cathy. Je le nourrirai de nouveau dans une heure ou deux. Kimble a l'air plus heureux, à présent, n'est-ce pas, Papa ? Pourtant, elle a toujours cette expression inquiète dans les yeux, comme si elle se demandait pourquoi elle est là…

Adam Hope hocha lentement la tête.

– Où en es-tu de tes recherches ? demanda-t-il.

– Oh ! Je n'ai pas encore appelé Mme Chambers. Elle doit être rentrée à l'heure qu'il est !

– N'oublie pas, Cathy, l'avertit M. Hope, que si l'on retrouve le maître de Kimble, c'est la SPA qui prendra les choses en main !

– Je sais, nous aurons déjà bien avancé ! dit Cathy. Et puis, on ne sait jamais, même la SPA peut avoir besoin d'aide !

Le lendemain matin, Cathy se précipita au rez-de-chaussée tout en terminant de se coiffer. Elle avait dormi tard, et se dépêchait pour porter les annonces avec James. Ils avaient projeté d'emmener Blackie avec eux. « Il faut que je donne à manger à Jimmy avant de partir », pensa-t-elle en entrant dans la cuisine.

– Bonjour, Maman, bonjour, Papa, lança-t-elle en se dirigeant vers le panier de Kimble.

– Attends une minute, Cathy, l'arrêta Mme Hope.

Cathy s'arrêta net. Elle sentit son cœur se serrer :

– Que s'est-il passé ? Il s'est passé quelque chose, n'est-ce pas ?

Emily Hope hocha la tête :

– Oui, ma chérie. Il y a une mauvaise nouvelle. Le petit Jimmy est mort il y a environ une heure.

– Mais… mais Kimble avait commencé à le lécher, il s'était mis à téter…
Cathy alla lentement vers la table et s'assit, les larmes aux yeux.
– Et même, oh, Maman ! il m'a mordillé le doigt ! Il devenait plus fort, et je croyais vraiment qu'il avait une chance… Que s'est-il passé ? Est-ce que cela aurait changé quelque chose si Kimble l'avait nourri dès le début ?
– Je ne crois pas, Cathy. Il était trop faible, c'est tout. S'il avait survécu, il n'aurait sûrement pas été capable de mener la vie active d'un golden retriever. La nature est ainsi faite…
Sa mère avait raison. Cathy était consciente qu'elle ne disait pas cela pour la consoler. Ses parents s'étaient toujours montrés francs avec elle.
– Ça fait quand même mal quand ça arrive, murmura-t-elle en se tournant vers sa mère. Est-ce qu'il a souffert ?
– Non, il est parti tranquillement. Il était en train de téter Kimble. Je crois qu'elle a dû

deviner ce qui arrivait. Elle le léchait très doucement. Une seconde plus tard, il ne respirait plus.

– Et Kimble ?

– Elle a eu l'air étonné devant un événement qu'elle ne comprenait pas. Non, ajouta-t-elle rapidement en voyant Cathy se lever, ne va pas la voir maintenant. Elle est un peu trop protectrice avec ses autres chiots.

– Elle grogne dès que nous nous approchons, expliqua M. Hope. Il vaut mieux la laisser seule.

– Est-ce normal qu'elle se comporte ainsi, Papa ?

– Ça ne deviendra inquiétant que si elle refuse d'abandonner ses chiots pour aller manger, répondit M. Hope. Elle ne se nourrit pas suffisamment. Une chienne trop protectrice perd quelquefois confiance même dans les gens qu'elle connaît le mieux.

– Alors, nous redeviendrions des étrangers pour elle, dit tristement Cathy.

– Mais il se peut aussi que son instinct la pousse à se nourrir, de manière à continuer à les allaiter. Bref, il faut attendre.
– C'est comme faire un pas en avant et deux en arrière, soupira Cathy.
Ses parents sourirent. Adam Hope se leva :
– Il est temps pour moi de faire quelques pas en avant ! C'est mon tour aujourd'hui de visiter les fermes.
– Oui, et moi, si je veux être à l'heure à mon rendez-vous avec James, je dois vite avaler mon petit déjeuner !
Et, d'un geste décidé, elle saisit le paquet de céréales.

12

Quand Cathy arriva au rendez-vous, James et Blackie l'attendaient déjà. Le labrador fit une fête à Cathy, qui le caressa machinalement tout en mettant James au courant des derniers événements.

– Si tes parents pensent que c'est mieux ainsi, ils ont sûrement raison, commenta-t-il. Il ne nous reste plus qu'à nous occuper de Kimble.

Cathy félicita James pour les annonces qu'il avait préparées : elles étaient très bien. Ils se dirigèrent vers le bureau de poste.

L'employé les accueillit gentiment ; il leur dit même, non sans une certaine fierté, qu'il avait déjà affiché des annonces de son cru avant de rentrer chez lui la veille au soir.
– Et voilà ! fit James en sortant de la poste. Je ne vois rien d'autre pour l'instant.
– Eh bien, allons au cottage des Lilas, suggéra Cathy. Nous avons plein de choses à raconter à Papi et Mamie.

– Quelles sont les nouvelles de l'Arche des animaux ? demanda Papi en les accueillant.
Il ne fallut que peu de temps à Cathy pour raconter à ses grands-parents l'histoire de Kimble et de ses petits. Quand elle finissait, le téléphone se mit à sonner.
– C'est pour toi, Cathy ! Jane Knox te demande, lui dit sa grand-mère, qui avait décroché.
Cathy bondit sur le téléphone :
– Jane ! Jane ! Que se passe-t-il ? Kimble est malade ? Les chiots vont bien ?
– Une femme a appelé l'Arche des animaux, annonça Cathy après avoir reposé

l'appareil. Elle a dit que la chienne que nous avions trouvée s'appelle Kimble et qu'elle a l'habitude de boire tous les soirs, à huit heures, quelque chose qu'elle a appelé « Malto ».

– Rien de plus ? demanda James.

– Non, c'est tout. Jane n'a même pas eu le temps de lui parler des chiots. Elle est sûre que l'appel venait d'une cabine, comme la première fois.

– Voilà qui ne nous avance pas beaucoup, soupira James.

– Cela prouve au moins que c'est bien la propriétaire de Kimble qui l'a déposée devant votre porte, dit Papi. Personne d'autre n'aurait eu l'idée d'appeler l'Arche des animaux.

– Et puis, nous savons maintenant ce qu'il faut donner à Kimble pour qu'elle se nourrisse. Mais je n'ai jamais entendu parler de Malto, ajouta Cathy.

– C'est une poudre de malt, expliqua Papi. Tu verses du lait dessus, comme pour le chocolat. J'avais l'habitude d'en donner à ton père quand il était petit, Cathy, et il adorait ça. Je ne savais même pas qu'on en faisait encore !

– Peut-être Mme MacFarlane en vend-elle ? suggéra James.

– Tu as raison ! dit Cathy en sautant sur ses pieds. Allons-y tout de suite, James. À demain, Papi ! À demain, Mamie !

Mme MacFarlane tenait une sorte de bazar, dans lequel on était à peu près sûr de trouver ce qui, ailleurs, était introuvable.

La porte grinça quand Cathy entra dans la boutique. James attacha Blackie avant de suivre Cathy à l'intérieur.

– Vous me semblez bien pressés, vous deux ! remarqua Mme MacFarlane. Que se passe-t-il ?

– Est-ce que vous vendez du Malto ? demanda Cathy, tout essoufflée.

– C'est une poudre de malt que l'on utilise pour faire une boisson, ajouta James.

– Je n'en ai pas en stock. Mais je pense à une boutique de York, où ils en auront sûre-

ment. Elle se trouve dans la vieille rue pavée, non loin d'un grand magasin de meubles. Je ne me rappelle pas le nom exact, mais c'est une ancienne pharmacie; vous ne pouvez pas vous tromper. En attendant, pour vous dépanner, je vous propose ça, ajouta-t-elle en leur tendant une petite bouteille. C'est une boisson au goût de malt.
– Génial! Merci, Madame MacFarlane! s'écria Cathy.
– Si Kimble ne veut pas en boire, dit James, demain nous prendrons le train pour York!

Quelques minutes plus tard, Cathy s'engouffrait dans la clinique.
– J'ai une boisson maltée pour Kimble, dit-elle à Simon. Tu crois qu'on pourrait lui en donner un peu?
– On ne risque rien à essayer, répondit l'infirmier. Elle a bu un peu d'eau, mais n'a pas touché au lait sucré. Et elle ne veut toujours pas qu'on les approche, elle et ses petits. Ne laisse surtout pas entrer Blackie dans la cuisine.

– James l'a ramené chez lui. Bon, je vais préparer la boisson et je la laisserai près du panier de Kimble.

Cathy versa le contenu de la bouteille dans un bol. Quand une forte odeur de malt envahit la cuisine, elle lança un coup d'œil par-dessus son épaule pour voir si Kimble réagissait. Elle crut apercevoir ses narines frémir. Elle posa le bol à terre, puis sortit de la pièce.

James ne tarda pas à revenir, et les enfants se postèrent derrière le rideau de la cuisine. Le nez contre la vitre, ils virent Kimble s'étirer avant de se lever et de se diriger lentement vers le bol. À mi-chemin, elle se retourna pour regarder vers le panier; puis elle reprit sa marche.

Elle pencha la tête vers le bol et le flaira avant de se mettre à laper le liquide. Mais bientôt elle repoussa le bol du museau et retourna rapidement vers ses chiots.

– Puisque c'est comme ça, demain nous irons à York, déclara Cathy.

– Si tu veux. Par contre, je ne vois plus

pourquoi nous nous fatiguerions encore à chercher son propriétaire, soupira James, découragé. S'il avait voulu reprendre Kimble, il l'aurait dit au téléphone.

Cathy secoua la tête :

– Je n'arrive pas à croire ça ! Je reste persuadée qu'il y a un mystère là-dessous, James. À nous de le résoudre !

13

– Apothicaire ! C’est un vieux mot pour dire pharmacien, James ! s’exclama Cathy en montrant à son ami des lettres soigneusement dessinées sur la vitrine d’une minuscule boutique de la rue pavée.
– Alors, c’est sûrement là, dit James.
Ils poussèrent la porte de la boutique, ce qui déclencha le tintement d’une clochette. L’homme qui se trouvait derrière le comptoir avait l’air d’un vieux sorcier sympathique avec sa longue barbe grise et ses petits yeux brillants.

– Bonjour ! dit Cathy. Avez-vous du Malto, s'il vous plaît ?
– Voici une requête inhabituelle, jeune fille. Normalement, j'aurais dû vous demander de patienter une bonne semaine, le temps que la commande arrive. Mais il se trouve que j'en possède pour la bonne et simple raison que la seule cliente qui m'en achète régulièrement m'a téléphoné il y a peu de temps pour annuler sa commande. Lundi, si je me souviens bien. Alors, je peux vous le vendre.
– Vous en auriez trois boîtes ? demanda Cathy, tout excitée par ce qu'elle venait d'apprendre.
– Je vais les chercher dans l'arrière-boutique. En attendant, vous pouvez toujours jeter un coup d'œil sur les rayonnages. Si quelque chose d'autre vous intéressait…
Le reste de son discours se perdit derrière un rideau. Cathy se tourna vers James.
– Tu as entendu ? La commande a été annulée lundi ! chuchota-t-elle. Le lendemain du jour où nous avons trouvé Kimble !

– Oui, cette cliente est sûrement la propriétaire de Kimble ! souffla James, le visage éclairé par un large sourire. Cet homme nous apprendra certainement quelque chose.

Lorsque l'apothicaire fut de retour, les boîtes dans les mains, Cathy se lança :

– Une chienne a été abandonnée dimanche soir devant notre porte. On avait attaché sa laisse à un bac à fleurs.

– Nous pensons qu'elle a été volée, puis abandonnée, enchaîna James. Mais, bizarrement, personne n'a signalé sa disparition. C'est un golden adorable ; son maître lui manque tellement qu'elle en est malade.

– Une dame a téléphoné, elle nous a dit le nom de la chienne, et a précisé qu'elle aimait le Malto. Alors, nous nous demandions… si votre cliente n'était pas sa propriétaire !

L'homme resta un moment silencieux.

– Ce n'est pas impossible, dit-il enfin. Elle n'est venue ici qu'une seule fois, il y a un an et demi à peu près. Elle voulait du Malto pour un chiot qui venait de naître. Depuis, elle me téléphone, et je le lui expédie par la poste.

– C'est sûrement elle ! s'écria Cathy en se tournant vers James. Maman a bien dit que Kimble devait avoir à peu près dix-huit mois !

Les enfants ne tenaient plus en place.

– S'il vous plaît, pourriez-vous nous donner le nom et l'adresse de votre cliente ? demanda Cathy tout d'une traite.

L'homme secoua la tête :

– Non, je suis désolé, mais ce serait un abus de confiance.

– Oh, s'il vous plaît, rien que la localité où elle habite ! supplia James.

– Non, non, je regrette. C'est hors de question.

Soudain, des cris éclatèrent devant la boutique.

– Maman ! Maman ! Viens vite ! Barry a avalé un os et il s'étouffe !

– Où est-il, Jason ? Où l'as-tu laissé, et où est Julie ? demanda une voix de femme.

– Allons voir ce qui se passe, dit l'apothi-

caire en sortant de derrière son comptoir.
Sur le trottoir, aux pieds d'une petite fille et d'un garçon, un jeune chien terrier se frottait la tête contre le sol en poussant des râles.

– Pauvre Barry ! s'écria la petite fille. Il essaie de recracher l'os.

– Un vétérinaire ! Il nous faut un vétérinaire ! s'affola la femme.

Cathy s'approcha d'elle d'un pas décidé.

– Ne vous inquiétez pas. Nous allons vous aider, lui dit-elle calmement.

Elle prit le terrier dans ses bras :

– Viens, Barry. Je t'emmène dans la boutique.

James, qui avait devancé son amie, avait déjà débarrassé le comptoir de tout ce qui l'encombrait, de sorte que Cathy pût y déposer le chien.

– Du calme, murmura-t-elle. Je vais ouvrir ta gueule et regarder à l'intérieur. Tu es un bon chien !

– Vous le voyez ? Vous le voyez ? Barry ne va pas s'étouffer ? gémissait la femme, en proie à la panique.

– Pauvre Barry ! se lamentait sa petite fille. Vous allez le sauver ?
– Chut ! lâcha Cathy. Ne parle pas si fort, tu inquiètes Barry et il ne se laisse pas faire. Il me faudrait une pince de chirurgien, lança Cathy au pharmacien.
– J'ai un instrument qui lui ressemble ! Mais êtes-vous sûre de vous, jeune fille ? demanda l'apothicaire.
– Ses parents sont tous les deux vétérinaires, tenta de le rassurer James. Elle les aide souvent dans leur clinique.
L'homme fronça les sourcils, puis disparut de nouveau dans l'arrière-boutique dont il ne tarda pas à revenir, une pince à la main.
Il ne fallut que quelques instants à Cathy pour retirer le petit os, qu'elle déposa sur le comptoir, un sourire triomphant aux lèvres.
James remit le terrier sur ses pattes. Le petit chien secoua la tête, puis regarda Cathy et aboya.
– Mais oui ! C'est fini ! dit-elle en riant. Il aura sûrement la gorge sensible un jour ou deux, c'est tout.

Le visage rayonnant de bonheur, le garçon prit le chien dans ses bras. La petite fille le couvrit de baisers.

– Merci beaucoup ! s'exclama leur mère. Je ne sais pas ce que nous aurions fait si vous n'aviez pas été là !

– Tu es drôlement habile ! dit la petite fille en levant la tête vers Cathy. Et puis, on voit que tu aimes beaucoup les chiens !

– J'aime tous les animaux, répondit Cathy en souriant. Et ton Barry est très mignon, ajouta-t-elle en caressant la tête du terrier.

Après avoir remercié Cathy une fois de plus, la femme et ses deux enfants quittèrent la boutique, emportant leur chien.

L'apothicaire regardait Cathy et James, pensif.

– Impressionnant ! finit-il par dire. Vous avez un don pour vous occuper des chiens, jeune fille.

– Et pourtant, je ne peux rien faire pour la pauvre Kimble ! se désola Cathy. Au moins, tant que nous n'aurons pas retrouvé sa propriétaire et que nous ne saurons pas pourquoi elle a abandonné sa chienne, ajouta-t-elle en le regardant d'un air entendu.

Un léger sourire passa sur le visage de l'apothicaire.

– Il y a de bien jolis villages dans votre région, dit-il tout à coup. Kimbleton, en particulier. Vous connaissez Kimbleton ?

– Kimbleton ? répéta Cathy.

– C'est bien ça, répondit-il simplement.

– J'ai cru que Cathy allait l'embrasser ! raconta James. Alors je l'ai attrapée par le bras et je l'ai tirée hors de la boutique.

Il était six heures du soir, et James, Cathy et ses parents étaient assis à la table de la cuisine et regardaient Kimble boire son deuxième bol de Malto.

– Vous vous rendez compte ? Kimbleton ! Le village où habite la tante de Simon ! Si près d'ici ! J'espère que Simon aura réussi à la joindre au téléphone. Mais que fait-il ? Il devrait déjà être de retour !

Impatiente, Cathy regardait sans cesse vers

la porte, guettant l'arrivée de l'infirmier.
Soudain, Adam Hope lui toucha le bras en faisant un léger signe de la tête en direction de Kimble. La chienne s'avançait lentement vers elle, la queue battante.
Cathy retint sa respiration. À leur retour de York, elle n'avait pas bougé de son panier, grognant même lorsqu'ils s'étaient approchés d'elle.
– Oh, Kimble, murmura Cathy lorsque la chienne lui posa la tête sur les genoux. Tout va s'arranger, maintenant. Tu le sens, n'est-ce pas ?
Cathy tendit sa main vers le museau de Kimble, qui la flaira sans cesser de remuer la queue. Puis elle regagna son panier et, s'allongeant près de ses chiots, commença à les lécher consciencieusement.

– Tante Anna connaît la propriétaire de Kimble ! s'écria Simon en surgissant dans la cuisine. Elle s'appelle Vera Morley et vit seule dans un cottage isolé. Tante Anna ne l'a pas vue depuis une semaine environ ;

mais comme elle savait que Kimble attendait des petits, elle a pensé que Vera restait chez elle pour s'occuper de sa chienne. Ma tante est très étonnée par ce qui est arrivé, poursuivit Simon. Elle dit que Kimble est tout pour Vera. Cette femme adore les chiens, et connaît bien l'Arche des animaux. Tante Anna lui avait dit que je travaillais ici.

– Alors, qu'est-ce qu'on va faire maintenant ? demanda James.

– Nous devrions en référer à la SPA et laisser le cas entre leurs mains, décréta Adam Hope.

Il lança un coup d'œil à sa femme.

– En effet, confirma Mme Hope. Mais peut-être que cette Vera Morley trouverait plus facile d'expliquer d'abord ce qui s'est passé à l'un d'entre nous... Mais pas avant demain. Je suis de garde ce soir, et ton père a une réunion importante.

– D'ailleurs, je pars tout de suite, enchaîna Adam Hope en se levant.

– J'ai promis à Tante Anna d'aller lui rendre visite ce soir, dit Simon. Cathy,

James, vous pouvez m'accompagner, si vous le voulez. On passera par chez Vera.
– Oh, Simon ! C'est super ! s'écria Cathy.
– Tempère ton enthousiasme, ma petite fille, intervint Mme Hope. N'oublie pas que cette histoire ne nous concerne plus. C'est à la SPA d'arranger les choses. Alors, s'il te plaît, n'affirme pas à cette femme qu'elle peut reprendre Kimble ! C'est bien compris ?
– Oui, Maman, répondit Cathy d'un ton sérieux. Je te le promets.

14

Une heure plus tard, Simon arrêtait sa camionnette devant la porte du cottage de Vera Morley. Seule une vieille lanterne éclairait le porche, jetant sur le jardin une lumière accueillante. C'était une longue bâtisse à un étage. Des lumières brillaient derrière les rideaux des fenêtres du rez-de-chaussée.

– Laisse-moi parler le premier, tu veux bien, Cathy ? demanda Simon en descendant de la camionnette.

Cathy hocha la tête. Ils poussèrent la

barrière de bois et s'engagèrent sur le chemin qui menait au cottage.
Simon frappa à la porte. Presque aussitôt, on entendit le bruit d'une chaîne de sécurité et la porte s'entrebâilla, laissant apparaître une femme de petite taille dont les yeux bruns, profondément enfoncés dans les orbites, les dévisageaient avec anxiété.
Simon lui expliqua rapidement qu'il était le neveu d'Anna Mitchell.
– Ah ! C'est vous qui travaillez à l'Arche des animaux ? fit-elle en tâtonnant pour enlever la chaîne.
Simon acquiesça puis présenta Cathy et James.
– Vous êtes certainement venus à propos de Kimble, murmura Vera Morley.
Elle prit la main de Cathy et l'attira à l'intérieur :
– Est-ce qu'elle va bien ? Est-ce qu'elle a eu ses petits ? Oh, vous n'avez pas idée combien je me fais de souci ! Je l'adore! Je pensais... je pensais que ce serait juste pour un jour, deux tout au plus... Oh, vous devez

me croire complètement irresponsable !
– Pourrions-nous tous entrer ? proposa Simon.
Vera hocha la tête et les conduisit dans le salon :
– Je vous expliquerai tout, mais parlez-moi d'abord de Kimble !
Elle leur montra un grand panier installé non loin d'un poêle.
– Vous n'imaginez pas le supplice de voir ce panier vide, jour après jour ! Sans cesse, je me demande si je lui manque, si elle a eu ses chiots… Elle est si douce ! Je lui avais promis d'être auprès d'elle quand elle aurait ses petits !
– Nous étions là quand elle a eu ses chiots ! ne put s'empêcher de dire James. Cathy, sa mère et moi. Kimble semblait perdue. Cathy et moi, nous lui avons tenu la patte pour la réconforter ; quand elle a accouché, elle ne savait pas s'occuper de ses petits. Nous avons dû l'aider, et le lui montrer, et…
James s'arrêta soudain de parler. De grosses larmes roulaient sur les joues de Vera.

– Kimble a eu quatre chiots, dit Cathy en poursuivant le récit de James. Il y a Jake et Judy ; ils sont beaux et costauds à présent. Le troisième est mort-né ; le quatrième était tout petit et maigre. Nous l'avons nommé Jimmy, mais lui aussi est mort ; il était trop faible.

– Et Kimble ? Comment va-t-elle ? demanda Vera.

– Ça n'allait pas bien fort ! avoua Simon. Elle n'a ni mangé ni bu autant qu'elle aurait dû, et on a eu tous très peur. Mais quand Cathy et James lui ont donné du Malto, cet après-midi, comme vous nous l'aviez conseillé au téléphone, elle en a vidé deux bols entiers !

– Elle vous paraît heureuse d'avoir eu des petits ?

– Au début, elle ne s'est pas occupée d'eux, dit Cathy.

Et elle raconta à Vera ce qui s'était passé quand la dalmatienne, Maisy, avait léché tous les chiots.

– À partir de cet instant, Kimble s'est

montrée une mère très attentive. Elle a été triste quand le petit Jimmy est mort. Ensuite, elle n'a laissé personne s'approcher d'elle et de ses petits.

– Et puis, cet après-midi, enchaîna James, après avoir pris du Malto, elle est sortie de son panier pour venir mettre sa tête sur les genoux de Cathy.

D'un geste furtif, Vera s'essuya les yeux :

– Je vais vous dire pourquoi j'ai dû laisser Kimble…

Elle leur raconta que l'une des clauses de son contrat de location précisait que les chiens n'étaient pas admis dans le cottage, mais le propriétaire, qui aimait bien Kimble, n'en avait pas tenu compte.

– M. Samuel, le propriétaire, et moi, nous nous connaissons depuis longtemps. Il savait que je ne laisserais pas mon chien abîmer quoi que ce soit ou effrayer les moutons dans le champ derrière la maison. Il m'avait même laissée entendre qu'il serait heureux d'adopter un des chiots. Mais hélas…

Vera Morley frissonna avant de continuer son « terrible » récit :

– Il y a un mois, M. Samuel est tombé malade et a été hospitalisé. C'est son neveu qui a repris ses affaires. Il possède plusieurs propriétés, qu'il loue. En relisant mon contrat de location, il a remarqué la fameuse clause. Pour ce jeune homme arrogant, le choix était simple : ou bien je me débarrassais de Kimble, ou bien je partais. J'ai eu beau lui expliquer que son oncle m'avait donné la permission de garder Kimble, à présent, c'était lui qui dirigeait les affaires et qui prenait les décisions.

Elle soupira profondément :

– Dimanche dernier, il est venu ici le matin pour me dire que si je ne m'étais pas débarrassée de la chienne le lendemain, il allait porter le cas devant la justice. Il a ajouté que les autorités seraient de son côté et qu'on emmènerait Kimble à la SPA !

– Mais pourquoi n'avez-vous pas averti M. Samuel ? s'étonna James. Il aurait tout expliqué à son neveu !

– J'ai essayé, répondit Vera, mais M. Samuel était au plus mal, et on ne m'a pas laissé le voir. Je ne savais plus quoi faire. Son neveu devait revenir à la première heure le lendemain matin. J'étais terrifiée à l'idée qu'on puisse emmener Kimble.

Vera essuya une larme :

– Alors, je me suis souvenue de ce qu'Anna m'avait dit à propos de l'Arche des animaux. J'ai mis la chienne dans la voiture et j'ai conduit jusqu'à Welford. J'ai sonné, mais personne n'a répondu. Alors, j'ai attaché Kimble près de la porte, murmura Vera. Je lui ai dit qu'elle resterait là un jour ou deux. Il me fallait du temps pour trouver un nouveau logement. Bien sûr, j'avais l'intention de venir le lendemain expliquer la situation à tes parents.

Vera soupira de nouveau :

– Et puis j'ai passé toute la semaine à aller dans les agences de location, à téléphoner à des annonces parues dans le journal. Sans résultat. Je n'ai pas trouvé une seule maison où l'on accepte les chiens !

– Mais pourquoi n'êtes-vous pas venue à l'Arche ? s'étonna James. Vous auriez dû tout raconter aux parents de Cathy. Ils vous auraient certainement aidée !
– Mes recherches m'ont menée loin d'ici. J'avais l'intention d'y aller cet après-midi. J'étais sur le point de partir quand le facteur est arrivé. Il m'a dit qu'il avait vu une annonce au bureau de poste, hier après-midi. Une annonce qui me concernait. Une chienne qui ressemblait à Kimble avait été trouvée. Si on connaissait son propriétaire, il fallait prévenir la SPA.
Vera regarda tristement Simon :
– Alors je me suis complètement affolée. Même si je trouvais un nouveau logement, jamais on ne me laisserait reprendre une chienne que j'avais abandonnée ! Je vous suis si reconnaissante d'être venus ! Merci pour tout ce que vous avez fait pour Kimble et ses chiots. Mais je voudrais que vous partiez maintenant. Dites à Kimble que je l'aime toujours, dites-lui qu'elle me manque et surtout que je suis désolée de m'être

séparée d'elle. Et puis, s'il vous plaît, veillez à ce qu'on lui trouve un bon foyer, à elle et à ses chiots.

15

– On n'aurait pas dû la laisser seule ! soupira Cathy en descendant l'allée du jardin. Elle est si désemparée !

– Je sais, dit Simon. Mais ce n'est pas en restant qu'on l'aurait aidée.

– Je suis sûre qu'il y a quelque chose à faire, affirma Cathy.

– Moi aussi, dit James.

– Et nous avons sûrement tous la même idée, conclut Simon : trouver l'hôpital de M. Samuel !

– Il faut y aller avant lundi, ajouta James.

Après, nous reprenons l'école, et nous n'aurons plus beaucoup de temps.
Simon reprit la parole :
– Vera ne doit surtout pas avoir vent de nos projets pour ne pas avoir de faux espoirs. Venez, on va passer chez ma tante. Avec un peu de chance, elle pourra nous dire où il est hospitalisé.

La tante de Simon, qui venait de terminer de dîner, les invita à s'asseoir autour de la table de la cuisine.
– Samuel Kenneth ? répondit-elle à la question de Simon. Je le connais bien, ainsi que son neveu, un personnage désagréable qui ne rêve que d'une chose : reprendre pour lui-même le cottage que loue Vera.
– Et saurais-tu, par hasard, où est hospitalisé M. Samuel, Tante Anna ?
– Je l'ai vu cet après-midi. Il est à hôpital des Highlands.
– Tante Anna, dit Simon, si tu voulais…
– Quoi donc, mon petit ? demanda-t-elle, un sourire de connivence aux lèvres.

Elle regarda Cathy et James.
– Oui, je vais vous arranger ça ! Procurez-vous quelques magazines, des fleurs, des fruits. Soyez ici demain vers deux heures et demie.

Le lendemain, Cathy et James étaient un peu nerveux en suivant une infirmière dans la cour de l'hôpital. Ils portaient un gros bouquet de fleurs qui venait tout droit du jardin du grand-père Hope, deux pots de gelée de fraises offerts par la grand-mère, et quelques magazines que le père de James leur avait donnés.
Les deux amis redoutaient un peu l'entrevue avec le vieux monsieur : M. Samuel avait bien été prévenu de leur visite par la tante de Simon, mais il en ignorait la raison.
– Pense à Vera Morley et à Kimble, murmura James à son amie.
Elle le remercia d'un sourire.
– Vos jeunes visiteurs sont là, Monsieur Samuel ! annonça gaiement l'infirmière.
Puis elle se tourna vers Cathy et James :

– Pas plus de dix minutes, c'est entendu ?
– Entendu ! dit Cathy.
Il n'y avait pas de temps à perdre !
M. Samuel les remercia de leurs cadeaux, puis leur jeta un regard interrogateur :
– Ce n'est pas souvent que des gens de votre âge trouvent le temps de rendre visite à un vieux bonhomme comme moi !
Cathy se mordit les lèvres avant de répondre :
– Je suis désolée, mais nous sommes là pour vous demander quelque chose, monsieur.
– En fait, nous essayons d'aider quelqu'un ! ajouta James en rougissant.
Confus, il plongea la main dans sa poche et en sortit une photo, qu'il tendit à M. Samuel.
– C'est Kimble, n'est-ce pas ? La chienne de Vera Morley. Je les aime beaucoup, toutes les deux. Je me demande d'ailleurs pourquoi…
– Vous vous demandez pourquoi Vera n'est pas venue vous voir ? dit Cathy doucement. Elle a essayé, mais vous n'étiez pas très bien, et les visites étaient interdites.

– Quel dommage ! Cela m'aurait vraiment fait plaisir. Elle aurait pu me parler de Kimble. Est-ce qu'elle a eu ses petits ? Et…

M. Samuel s'interrompit de nouveau et regarda James :

– Vous avez dit que vous essayiez de venir en aide à quelqu'un, jeune homme ? Racontez-moi tout.

– C'est au sujet de votre neveu, répondit James en allant droit au but. Il a dit à Vera Morley qu'elle devrait se débarrasser de Kimble si elle voulait rester au cottage.

– Ridicule ! commenta M. Samuel. Elle n'avait qu'à lui répondre tout simplement que je lui avais donné la permission de garder Kimble.

– C'est ce qu'elle a fait. Mais il n'a rien voulu entendre ! intervint Cathy. Il a dit que c'était lui qui avait maintenant la responsabilité de vos biens, et qu'il n'était pas d'accord. Il l'a même menacée d'appeler la police.

– Quelle horreur ! Il n'a pas osé ! s'écria M. Samuel en changeant de couleur.

– Non, monsieur, répondit James. Mais ce qui est arrivé n'est pas mieux.
Sans perdre de temps, il se mit à raconter toute l'histoire. En arrivant à leur rencontre avec Vera, il était tout essoufflé :
– Elle a perdu tout espoir de récupérer Kimble !
M. Samuel se souleva sur son lit et appela son infirmière.
– Que se passe-t-il, ici ? Vous ne me l'avez pas mis en colère, au moins, vous deux ? ajouta-t-elle en regardant Cathy et James d'un air sévère.
– C'est vous qui allez me mettre en colère, mademoiselle, si vous ne me donnez pas immédiatement un téléphone ! Et il va falloir que vous permettiez à mes amis de rester quelques minutes de plus. Nous avons une affaire très importante à régler !
– Allez-vous… téléphoner tout de suite à votre neveu ? demanda Cathy alors que l'infirmière sortait de la chambre.
– Pas à mon neveu ; à mon avocat. C'est lui qui gère mes affaires ; de plus, c'est un ami

fidèle. Ne vous inquiétez pas, ce malentendu va être dissipé sur-le-champ !

Dix minutes plus tard, Cathy et James se précipitaient vers le parking de l'hôpital, où Simon les attendait dans sa camionnette.

– Je devine que cette visite a été une réussite ! lança-t-il en voyant leurs mines réjouies.

– Oh oui ! répondit Cathy. M. Samuel a téléphoné à son avocat et il va changer la clause de la location ! Vera pourra garder sa chienne !

– Et le neveu de M. Samuel va recevoir une lettre de son oncle lui ordonnant de ne plus s'occuper ni de Vera ni du cottage.

– Et puis demain matin, à la première heure, l'avocat de M. Samuel doit téléphoner à la SPA pour contacter l'inspecteur qui s'occupe de Kimbleton et de ses environs, dit Cathy. Ils lui expliqueront ce qui s'est passé, et M. Samuel…

– … Se portera garant pour Vera, conclut James. C'est l'expression qu'il a employée.

– Dis, Simon, la SPA sera d'accord pour

laisser Vera reprendre Kimble ? demanda Cathy, inquiète.

– Je suppose, répondit Simon, pensif ; mais ils vont sûrement lui rendre visite pour vérifier si tout cela est exact.

16

Les trois jours suivants, Vera téléphonait régulièrement à l'Arche des animaux pour avoir des nouvelles de Kimble et de ses chiots. Elle ne pouvait pas venir, la SPA lui ayant demandé de ne pas se montrer avant qu'une décision ne soit prise à son sujet.

Le jeudi, alors que les deux enfants sortaient de l'école, Mme Hope arriva au volant de la camionnette de la clinique.

– Vite, mettez vos vélos à l'arrière, nous allons à Kimbleton ! Vera Morley attend la visite de l'inspecteur de la SPA, et elle a téléphoné à l'Arche pour demander notre soutien. Cathy, tu vas me promettre de ne pas protester si la décision n'est pas en sa faveur. C'est bien d'accord ?

Il y avait déjà une voiture devant le cottage de Vera quand ils y arrivèrent. Cathy ne savait pas si elle devait s'en réjouir ou non. Vera leur ouvrit la porte, pâle et inquiète. Elle se contenta de leur indiquer le salon, où se trouvait l'inspecteur de la SPA.

– J'étais en train d'expliquer à Mlle Morley les conséquences désastreuses qu'entraîne l'abandon d'un animal, leur apprit-il. Et peu importe qu'elle ait fait en sorte que la chienne ne se sauve pas. La chienne aurait pu s'enfuir quand on l'a débarrassée de sa laisse. Ce qui aurait pu provoquer un accident si elle s'était mise à errer sur la route. En d'autres termes, abandonner un chien, même à la porte d'un vétérinaire, est un acte hautement irresponsable, conclut-il.

– Je sais tout cela, murmura Vera. Je sais que j'aurais dû attendre pour confier Kimble à quelqu'un. Mais si on avait refusé de m'aider?

La pendule égrenait lentement les minutes. L'inspecteur regardait Vera sans rien dire. Soudain, on entendit le « cocorico » d'un coq. Vera se leva d'un bond :

– Je suis désolée, les poules demandent à manger. Je les ai enfermées pour la nuit, et j'ai laissé passer l'heure de leur repas sans m'en apercevoir.

– Des poules ! C'est pour ça que Kimble savait chercher des œufs ! s'exclama James.

– Dites-nous où elles se trouvent, et James et moi allons nous en occuper, proposa Cathy.

Mais avant que Vera ne réponde, l'inspecteur se tourna vers Emily Hope :

– Est-ce que la chienne et ses chiots vont assez bien pour être transportés ?

« Transportés où ? » se demanda Cathy sans oser poser la question. Elle entendit vaguement sa mère donner une réponse affirmative tandis que Vera se rasseyait.

L'inspecteur s'éclaircit la voix et déclara :

– Mademoiselle Morley, vu les conditions exceptionnelles de cet abandon et votre atta-

chement indéniable à Kimble, je suis en mesure de vous autoriser à reprendre votre chienne et ses petits.
Vera en eut les larmes aux yeux :
– Oh, merci, merci beaucoup, inspecteur ! J'irai à l'Arche des animaux dès demain matin. Là, il commence à faire nuit, et j'aurais trop peur de provoquer un accident.

Quelques mois plus tard, Cathy entendit un bruit étouffé qui venait du dehors. Inquiète, elle ouvrit la porte. Kimble était là, qui la regardait. Mais cette fois, la chienne n'était pas seule : deux magnifiques jeunes goldens, tout en poils dorés, étaient assis à son côté. Kimble portait dans la gueule un carton.
Cathy se baissa pour la caresser, et prit le carton, sur lequel elle lut : « Vera Morley et Samuel Kenneth ont le plaisir de vous inviter à assister à la célébration de leur mariage... »

FIN

S.O.S. ANIMAUX

301. Il faut retrouver Perle !
302. Blaireaux en danger
304. Les larmes du dauphin
305. Le panda abandonné
306. Le chevreau imprudent
307. Le phoque pris au piège
308. Sur les traces du léopard
309. La baleine en détresse
310. Réglisse a disparu !
311. Sauvons les poulains !
312. Une girafe en péril
313. Comment sauver Harry ?
314. Perdue dans la nuit
315. Qui veut adopter un chaton ?
316. Un hamster trop gourmand
317. Une maison pour Marco et Polo
318. Flibuste est un coquin !
319. Prince ne doit pas courir !

Imprimé en R.F.A. par Clausen & Bosse
N° d'Éditeur: 7163